D. C. MALLOY

HARD ENOUGH – SCHIMMER IN BERNSTEIN

ÜBER DAS BUCH

Sein Auftrag ist eigentlich ganz einfach. Er verführt den muskelbepackten Türsteher mit den langen Haaren und den Tattoos, entlockt ihm ein paar Infos und damit ist der Deal erledigt. Ist ja nicht so, als würde Hayden die Nummer zum ersten Mal abziehen. Allerdings hat er nicht damit gerechnet, dass er ausgerechnet mit dem rauen Schlägertypen Ridge die heißeste Nacht seines Lebens verbringen würde. Und dass der grobe Klotz dann auch noch sein Herz zum Zittern bringt, war schon gleich gar nicht eingeplant!

Nur, wo soll das hinführen? Hayden muss seinen eigenen Arsch retten und dann so schnell wie möglich untertauchen. Aber eine weitere Nacht kann er doch riskieren oder etwa nicht?

D. C. MALLOY

HARD ENOUGH
SCHIMMER IN BERNSTEIN

GAY ROMANCE

Copyright © 2019 by D. C. Malloy

Alle Rechte vorbehalten.

ISBN: 9781087161099

Kontakt: dakota.c.malloy@gmail.com

Covergestaltung: D. C. Malloy

Bildrechte:
Mann:Skripnik Olga
Wolf: christels auf pixabay

FÜR DICH,
WEIL DU MEIN HERZ AUSMACHST.

DANKSAGUNG

Ein großer Dank geht an meine Betatörtchen, unter anderem Doris Neumann, Ramona Schönbild und Jennifer Miller, die sich so viel Mühe für mich gegeben und dabei tolle Ideen eingebracht haben!

Ein weiteres Dankeschön richtet sich an die Teilnehmer der ersten Leserunde! Es war eine sehr unterhaltsame Partie mit euch! Nakia, Anke, Claudia, Laura, Maike, Sandy, Sandra, Silvia, Julika, Saskia und Dolly, ihr seid super!

»Auf der höchsten Stufe der Freundschaft offenbaren wir dem Freunde nicht unsere Fehler, sondern die seinen.«

– François de La Rochefoucauld

1

Von der gegenüberliegenden Straßenseite aus starrte Hayden den Türsteher an, der vor dem Eingang des »Pink Pussy Paradise« darüber wachte, dass nur die würdigsten Zeitgenossen den Stripperinnen im Laden Scheine in die Tangas stecken durften.

Der Kerl hatte langes, in Wellen gelegtes Haar, das irgendwie so halb zu einem unordentlichen Knoten gefasst war. Sollte das eine Frisur sein? Der sorgsam getrimmte Vollbart ließ ihn grimmig aussehen und Hayden war oft genug an ihm vorbeigegangen, um zu wissen, dass sich seine fast schwarzen Augen gut in den Look des düsteren, grüblerischen Ritters einfügten. Ridge McVaine trug eine dunkle Jeans im Used Look und ein enges, schwarzes Shirt. Dank der flächendeckenden Tattoos wirkten seine Arme trotzdem nicht nackt.

Zähne zusammenbeißen und durch, dachte Hayden und trat auf die Straße, die der Nieselregen in einen dunklen Spiegel verwandelt hatte. Der Wagen, vor den er sich in seiner Dummheit warf, hupte anklagend und Hayden sprang auf den Bürgersteig zurück.

Ein unsicherer Blick in dessen Richtung bestätigte, dass McVaine den Vorfall bemerkt hatte. Der Arsch lehnte mit vor der Brust verschränkten Armen am Türbogen und zeigte ein Grinsen, das seine Augen sogar auf diese Entfernung zum Funkeln brachte.

»Scheiße«, knurrte Hayden, ohne die Lippen zu bewegen. In seiner Brust flammte etwas auf. Er hasste es, wenn man sich über ihn lustig machte. Er war lange genug die Lachnummer für seine Mutter und deren Sippschaft gewesen.

Am liebsten würde er den Rückzug antreten. Dennoch fand er die Courage, die Straße zu überqueren. Diesmal erst, nachdem er sich vergewissert hatte, dass ihn niemand totfahren würde.

Die Distanz zwischen McVaine und ihm wurde immer geringer und mit jedem Inch, den er weiter vordrang, beschleunigte sein Herz das Blut in seinen Adern.

»Hey«, murmelte er und ballte die Hände in den Jackentaschen zu Fäusten.

»Hey.« Immer noch zierte ein dummes, jungenhaftes Grinsen McVaines Gesicht.

»Du bist mir aufgefallen«, brachte Hayden hervor und ärgerte sich über seine belegte Stimme. Es gab keinen Grund für seine Nervosität. Aber McVaines männlicher, herber Duft brachte ihn ziemlich aus dem Konzept.

»Du mir auch. Du warst nicht zu übersehen.« War das gut oder schlecht? McVaine musterte ihn von oben bis unten. Glomm da eine Flamme in seinen Augen auf? »Ted hat mir erzählt, dass du nach mir gefragt hast.«

»Ganz schön gesprächig, euer Barkeeper. Dabei sollten Mitglieder seiner Zunft doch eher zuhören und im richtigen Moment nachschenken.«

»Hat ihn eben verwirrt, dass sich ein Mann in einer Stripbar nicht nach den Mädchen, sondern nach dem Türsteher erkundigt.«

Irrte er sich oder warf McVaine sich in die Brust, um die Muskeln an seinen Oberarmen besser zur Geltung zu bringen? Was für ein arroganter Arsch.

»Kann er sich nicht denken, worauf ich aus bin?«, fragte Hayden, der den Triumph ebenso riechen konnte, wie das Parfum seines Gegenübers.

»Er hatte da so eine Vermutung, aber ob sie stimmt oder nicht, stellt sich erst raus, wenn du mir sagst, welche Absichten du verfolgst.«

»Du gefällst mir«, erwiderte Hayden. »Ich will mit dir ins Bett.«

»Okay«, entfuhr es McVaine gedehnt und mit einem überraschten Lachen, obwohl er sich doch wohl hatte denken können, worauf es hinauslief. »Du fackelst nicht lang. Teds Vermutung erweist sich als ziemlich richtig.«

»Und wie lautet deine Antwort?«

»Du hast mich nichts gefragt.«

»Hast du Lust, nach Dienstschluss in mein Motel zu kommen?«

»Ich werd erst um zwei Uhr morgens abgelöst.«

»Stört mich nicht. Ich bin ein Nachtmensch.«

McVaines prahlerisches Gehabe bröckelte kein Stück. Er schien ihn absichtlich zappeln zu lassen, indem er die Einladung weder annahm noch ablehnte.

Hayden musste lässig bleiben. »Ich lass dir mal meine Karte da. Dann kannst du dich später entscheiden. Sind ja noch'n paar Stunden.« Er griff nach der Visitenkarte des Motels, auf deren Rückseite er seinen Namen und seine Zimmernummer notiert hatte, und überreichte sie McVaine. Mit Absicht berührte er dessen Hand und stellte verwundert fest, wie erhitzt die Haut war, welche er streifte. »Lass dir gesagt sein, dass du was verpassen würdest, solltest du nicht auftauchen«, fügte er mit verführerischem Unterton hinzu und warf ein Lächeln in McVaines Richtung, bevor er sich aus dem Staub machte.

Dabei unterließ er es zur Sicherheit, die Fahrbahn erneut zu überqueren, und ging in Richtung Starbucks. Ein Kaffee und was Süßes konnten nicht schaden.

Er sah nicht über die Schulter, glaubte aber zu spüren, dass McVaine ihm auf den Hintern glotzte, was ihn zufrieden grinsen ließ.

*

Gewagt drapierte er seine Uniform auf dem Lehnsessel vor dem Fenster. McVaine sollte gleich beim Hereinkommen einen Blick darauf erhaschen und die falschen Schlüsse ziehen – er sollte denken, Hayden sei noch im Polizeidienst. Der Typ musste ja nicht wissen, dass sich diese Sache vor drei Monaten ein für alle Mal erledigt hatte. Würde das Scheißding also doch noch zu was gut sein ... Hayden knirschte mit den Zähnen und ballte die Hände zu Fäusten, sodass seine Knöchel knackten. Er konnte die verfickte Uniform nicht ansehen. Stattdessen warf er einen Blick auf die Uhr. Würde McVaine überhaupt aufkreuzen? Wenn nicht, dann hatte er ein echtes Problem am Hals.

Draußen nieselte es schon wieder. Die Reklametafel der Tankstelle warf ein seltsames Licht ins Zimmer. Es wechselte langsam die Farbe. Gerade wurde aus einem blassen Blau ein verwaschenes Gelb. Bald würde Grün kommen und dann Rot. Ein wiederkehrendes Muster, das ihn an sein Leben erinnerte. Warum schaffte er es nicht, den Kreislauf zu durchbrechen? Warum landete er immer ...

Jemand klopfte an die Tür. Der Donnerschlag ließ ihn zusammenzucken und gleich darauf die Schultern straffen. Ein letztes Ausstoßen von Luft, dann setzte er sich in Bewegung und machte auf.

McVaine stand mit düsterer Miene im Türrahmen, den er mit seiner Gestalt fast ausfüllte. Die Reklame tauchte ihn in einen rötlichen Schimmer, der seine Augen ziemlich dämonisch wirken ließ. »Du bist dir sicher, dass du das willst?«, waren seine ersten Worte. In ihrer Rauheit erinnerten sie an felsiges Gestein, an dem man sich die Finger wund machte, wenn man nach Halt suchte.

»Warum zweifelst du daran?« Hayden trat zurück, um McVaine eintreten zu lassen, was dieser zögerlich tat. Der Mann roch frisch geduscht und hatte den blöden Haarknoten gelöst. Sein Blick checkte den Raum und blieb tatsächlich bei dem Stuhl mit der Uniform hängen. Nur für einen Moment, doch lange genug, um Hayden wissen zu lassen, dass er sein Ziel erreicht hatte.

McVaine knurrte von ihm abgewandt: »Ich mag's gern etwas härter.«

Was sollte denn *der* blöde Spruch? Hayden stieß Luft aus. »Seh ich aus, als würd ich's nicht hart vertragen?«

»Genauso siehst du aus, ja«, kam trocken zurück und ein dunkler Blick traf ihn.

»Dein Ernst?«, fuhr Hayden das blöde Arschloch an.

»Du bist'n gestylter Schönling. Ein korrekter, ehrenhafter, kleiner Bulle, der mal was Aufregendes erleben und mit jemandem wie mir ins Bett steigen will.«

Bei den Worten *korrekt* und *ehrenhaft* hatte Hayden sich unwillkürlich aufgerichtet und Haltung angenommen. Sein Gesicht wurde kühl, verlor wohl an Farbe, und seine Stirn legte sich in Falten. Etwas in seiner Brust rührte sich – es fühlte sich an wie ein Tier, das aus einem langen Winterschlaf erwachte, die Beine streckte und mit den Pfoten versehentlich ein paar Mal gegen sein Brustbein stieß.

Dann schüttelte er ab, was auch immer das war.

Der Wichser hatte keine Ahnung, was gerade abging. Wenn der wüsste, was das hier für 'ne Nummer war und wie oft Hayden die schon abgezogen hatte.

»*Kleiner* Bulle?«, wiederholte er mit jener Feindseligkeit, die er zügeln sollte, um nichts aufs Spiel zu setzen.

McVaine grinste ihn dämlich an und kam näher. »Du reichst mir gerade mal bis zum Kinn.«

»Und *du* bildest dir ganz schön was auf deine Größe ein.«

»Die meisten meiner Lover behaupten, das sei durchaus angebracht. Allerdings reden sie da von meinem Schwanz und nicht von meinem Körper.«

Hayden schnitt eine Grimasse und konnte seine Wut nicht im Zaum halten. »Wow, so einen Mist hat echt schon lange keiner meiner Bettgeschichten mehr von sich gegeben.« Für gewöhnlich war *er* es, der den Mist quatschte und die Oberhand behielt. Dass McVaine den Spieß umdrehen wollte, gefiel ihm nicht. Es machte ihn sogar ziemlich nervös.

»Küss mich doch, wenn ich die Klappe halten soll«, schlug McVaine amüsiert vor und schaffte es, Haydens Unbehagen noch zu vergrößern.

Wann hatte er zum letzten Mal einen Mann geküsst? War schon 'ne Weile her.

»Was ist? Zu anständig, um mich zu küssen?«

»McVaine, du bist ein arroganter, aufgeblasener, dämli-«

Eine starke Hand packte ihn im Nacken und harte – zugleich weiche – Lippen verschlossen ihm den Mund. Hayden öffnete ihn, schnappte nach Luft und stöhnte gegen seinen Willen. Diese Hitze zu spüren, machte ihn schwindlig.

»Ridge«, murmelte dieser in seinen Bart, der angenehm auf der Haut kitzelte.

Hayden brauchte einen Moment, um zu verstehen, dass McVaine beim Vornamen genannt werden wollte.

»Meinetwegen. Ein arroganter Mistkerl bleibst du trotzdem«, knurrte er. Als Ridge sich daraufhin mit einem dunklen Lachen von ihm lösen wollte, schlang Hayden ihm ruckartig die Arme um den Hals und riss ihn an sich. Der Kuss durfte nicht aufhören. Er war zu gut.

Ridge ließ die Hände über seinen Rücken gleiten, zog ihm das Hemd aus dem Hosenbund und schlüpfte unter den Stoff. Hayden stöhnte, als man seine nackte

Haut anfasste. Er gewährte einer neugierigen Zunge Einlass und ließ sich erforschen, bevor er selbst daran leckte. Seine Finger vergruben sich in langem, weichem Haar. Wahnsinn, wie toll sich das anfühlte. Alles, was gerade passierte.

Er stieß Ridge von sich, um ihm das Shirt auszuziehen, und suchte danach so hastig erneut nach seinem Mund, dass ihre Zähne zusammenkrachten. Ridge keuchte ein halb ersticktes, grummeliges Lachen in ihn, welches Hayden großzügig ignorierte. Das Hemd wurde ihm abgestreift und ihre Oberkörper berührten sich, was ihn völlig unerwartet unter Strom setzte. Ridge war rasiert, seine Brust glatt, die Haut weich und die Muskeln darunter hart wie Stahl.

Der Kuss wurde unterbrochen. Hayden wollte protestieren, doch Ridge presste ihm die Lippen so erregend auf die Kehle, dass er bloß nach Atem rang.

»Du sagst mir, wenn du was nicht willst oder ich dir wehtue, klar?«, brummte der hochmütige Arsch.

»Ich bin kein Waschlappen, Mann.«

»Und weil keiner ein Waschlappen sein will, macht keiner den Mund auf. Ich will mir keinen Kopf darum machen müssen. Du sagst mir, wenn was ist, kapiert?«

»Ja, Blödmann. Jetzt mach gefälligst weiter.« Hayden drückte ungeduldig gegen den Hinterkopf seines Gegenübers, weil er dessen Mund spüren wollte.

Er wurde aufs Bett gestoßen, Ridge zerrte ihm die Hose von den Beinen und wurde auch die seine los, bevor er über ihm auf die Knie ging. Seine ehemaligen Lover hatten nicht gelogen, was seinen Schwanz anging.

Hayden nahm an, dass das Vorspiel vorüber war und es gleich zur Sache gehen würde. Doch Ridge überraschte ihn. Er beugte sich zu ihm hinab, sein langes Haar kitzelte Haydens Seiten, während seine Brust mit Küssen bedeckt wurde. Eine unsichtbare, dafür umso brennendere Acht umkreiste seine Brustwarzen, bis sie mit Lippen, Zunge und Zähnen bearbeitet wurden. Seine Männlichkeit, die auf seinem Bauch ruhte, zuckte. Ridge schien es zu bemerken, denn er nahm ihn in die Hand und pumpte ein paar Mal in sanften Bewegungen, während er sich weiter nach unten küsste. Der Typ würde ihm doch wohl nicht den Schwanz lutschen?

Hayden hatte die Sache anders geplant, aber von seinen Plänen schien McVaine nichts zu halten.

»Fuck.« Keuchend hob er die Hüften, als sich heiße Lippen an seine Eichel legten. Er war so verdammt geladen, dass er sofort abspritzen könnte. Dabei würde er sich mit Sicherheit nicht besonders gut fühlen, sondern ... ziemlich so, wie Frank sich gefühlt haben musste. *Scheiße.* Er schluckte sein schlechtes Gewissen runter und schloss die Augen, um sich zu beherrschen.

Ridge ließ ihn tiefer in seinen Mund gleiten und knetete ihm den Hintern. Ein sich feucht anfühlender Finger schob sich in ihn und Hayden biss sich auf die Zunge, um seine Geilheit nicht allzu laut zum Ausdruck zu bringen. Trotzdem wurde sein Stöhnen geräuschvoller. Schweiß brach auf seiner Haut aus, Hitze strömte aus allen Poren. Seine Hoden wurden gekrault, ein zweiter Finger drang in ihn ein.

Plötzlich schob Ridge ihn mit einem Fluch Richtung Bettmitte und setzte sich vor ihn. Mit starken Händen drückte er Haydens Beine auseinander und zog ihn mit dem Po auf seinen Schoß. Hayden blieb ein wenig Zeit, um sein Gegenüber zu betrachten. Ridges Oberkörper war – genau wie seine Arme – fast voll von Tätowierungen. Nur sein Hals blieb frei. Dafür befanden sich dort vier merkwürdige Punkte, jeweils zwei und zwei, links und rechts von seiner Kehle. Sie sahen aus wie Narben, fast wie Vampirbisse. Weiter konnte er nicht denken, denn Ridge schob sich in ihn. So langsam, wie Hayden es noch nie erlebt hatte. Viel üblicher war es, dass er jemandes Schwanz schon beim ersten Stoß bis zum Anschlag im Arsch hatte und den Schmerz hinunterwürgen musste.

Ridge gab einen Laut von sich, der dermaßen dunkel klang, dass er ihm einen Schauer über den Rücken jagte. Schließlich war er in ihm, so tief es ging, und hielt inne, streichelte Haydens Männlichkeit und Oberschenkel, liebkoste ihn. »Mach, wie du's magst«, forderte er ihn knurrend auf.

Hayden konnte sich nicht gleich rühren und gehorchte erst, als Ridge ihn mit einem Ruck seines Beckens darauf aufmerksam machte, wie man Sex hatte.

Er stützte sich mit den Händen auf dem Bett ab und begann, sich zu bewegen. Was war das für eine heiße Stellung und warum kannte er die noch nicht? Ridge hatte seine Hände überall – mal streichelte er ihm die Schenkel, dann pumpte er seine harte Länge, um kurz darauf seine Brust zu erkunden. Und alles davon fühlte sich verdammt gut an. Hayden wurde schneller, weil er sich kaum noch zurückhalten konnte. Scheiße, wenn er jetzt vor Ridge kam?

»Denk nicht so viel nach, kleiner Bulle«, brummte Ridge mit einem hörbaren Grinsen und legte ihm die Finger an den Schwanz, drückte angenehm zu.

»Verdammter Blödmann«, brachte er gepresst hervor, wobei das Schimpfwort in ein Stöhnen überging, weil er sich auf den Bauch spritzte. Sein Körper erbebte, als Ridge sich noch ein paar Mal in ihm versenkte, bevor er mit einem vibrierenden Knurren kam. Hayden keuchte seine Lust hinaus, wischte sich das feuchte Haar aus der Stirn und bemühte sich, den Blick von Ridge zu nehmen. Was musste der Idiot aber auch so verdammt heiß aussehen? Mit den Schweißtropfen, die auf seiner muskulösen, breiten Brust perlten; den langen Haaren, die ihm an der Haut klebten; den dunklen Augen, die von Fältchen umgeben waren und einen bernsteinfarbenen Schimmer beherbergten; den vollen Lippen hinter dem Vollbart ...

Hayden zwang etwas Speichel seine Kehle hinab und hielt den Atem an, als Ridge sich zurückzog und über ihn beugte, um das Sperma abzulecken. »Bist du irre, Mann?«

Sein Lover für diese eine Nacht lachte bloß sein brummiges Lachen und säuberte ihn mit der Zunge. Das, was ein Nachspiel sein sollte, machte Hayden wieder heiß. »Ich dachte, du magst es hart? Allzu hart kam mir das jetzt nicht vor«, murmelte er provokant.

Ridge zuckte mit den Schultern. »Hatte mal Lust auf was anderes. Vielleicht wollte ich dem anständigen Bullen auch nur zeigen, dass ich mich benehmen kann.« Er grinste. Warum musste der Typ ihn ständig verspotten?

»Blödmann.« Mehr konnte er nicht sagen, weil Ridge ihn auf den Mund küsste, bevor er sich von ihm löste und aufstand. »Willst du schon gehen?« Erst einen Herzschlag später bemerkte er, dass er nicht fragte, weil sein Auftrag noch nicht abgeschlossen war, sondern aus purer Enttäuschung.

»Nur schnell ins Bad«, kam zurück – wieder mit einem Grinsen, wie sollte es anders sein? Ridge deutete auf seinen Schwanz. Er wollte das Kondom loswerden.

Im Stillen dankte Hayden ihm dafür, dass er eines benutzt hatte. Er hatte mal wieder nicht daran gedacht und wenn er es doch getan hätte, hätte er sich nicht getraut, darauf zu bestehen. Die meisten Kerle waren nicht begeistert von der Aussicht auf einen Fick mit Schutz. Dabei gab es seiner Erfahrung nach drei Sorten von Männern. Die wenigsten ließen sich dazu überreden. Die anderen machten einen Abgang, das war allerdings die Ausnahme. Die schlimmste Art von Kerl wurde körperlich und ließ einen während dem Sex – natürlich ohne Kondom – seine Wut spüren. Auch davon hatte er schon genügend im Bett gehabt. Ein kalter Lufthauch brachte ihm Gänsehaut ein und er schlüpfte unter die Decke.

Ridge drehte den Wasserhahn ab, schaltete das Licht im Bad aus und kam zurück ins Bett. Als er ihm mit dem Handrücken über den Arm strich, zuckte Hayden zusammen.

»Du bist ganz kalt. Dabei dachte ich, ich hätt's dir schön warm gemacht«, murmelte Ridge und zog ihn an sich, um ihn warmzurubbeln. »Hast du Lust auf was vom Zimmerservice? Geht auf mich.«

Hayden schüttelte den Kopf und bettete ihn auf Ridges Brust. Wann hatte er das letzte Mal mit einem Typen gekuschelt? Hatte er das überhaupt schon mal getan? Seine Fingerspitzen wanderten ungläubig über harte Muskeln.

Ridges Lachen durchbrach die Stille. »Kitzel mich nicht.« Er griff nach Haydens Fingern und küsste eine Kuppe nach der anderen. Der Kerl war seltsam und was er da machte, jagte einen wohligen Schauer nach dem anderen über Haydens Rücken. Scheiße, er durfte sich nicht aus der Fassung bringen lassen!

»Ich muss dir was gestehen, aber du darfst nicht sauer sein«, brachte er heiser hervor und entzog Ridge seine Hand, obwohl er das eigentlich nicht wollte.

»Du bist gar kein anständiger Bulle, sondern ein Stripper? Daher die Uniform? Würde mich allerdings ganz schön wundern.«

»Blödmann. Ich hatte dienstlich in eurem Laden zu tun«, log er mit rauer Stimme.

»Okay«, erwiderte Ridge gedehnt und verspannte sich, was bedrohlich wirkte. Wäre nicht das erste Mal, dass Hayden sich mit einer seiner Bettgeschichten prügelte, aber hier würde er unter Garantie den Kürzeren ziehen.

»Ich sollte mich ein wenig umhören.«

»Und warum sagst du mir das?«

»Damit du nicht denkst, ich nutz dich aus. Das hier ist kein abgekartetes Spiel. Du bist mir einfach aufgefallen und ich wollte ... na ja, das hier eben.«

»Okay«, murmelte Ridge wieder.

»Und vielleicht solltest du dich von deinem Boss fernhalten, wenn er wieder einen seiner ... Deals durchzieht. Da sind wir nämlich dran.«

Der Köder wurde geschluckt. »Fuck, hältst du mich für bescheuert?«

Darauf hatten wir gehofft, ja. »Natürlich nicht! Es ist nur gut gemeint.«

»Wir kennen uns gerade mal 'ne halbe Stunde. Warum soll ich dir glauben, dass dich interessiert, was mit mir passiert? Du willst mich doch nur aushorchen!«

»Warum sollte mich das nicht interessieren? Du gefällst mir eben. Wäre ja schön, wenn wir es wiederholen könnten, oder nicht?«, sagte Hayden ruhig. »Ich muss dich nicht aushorchen. Wir wissen bereits alles.«

»Über den Kanadier?«

Was für ein Trottel. Hayden grinste still in sich hinein. »Wir nennen ihn zwar bei seinem bürgerlichen Namen, aber ja. Über den Kanadier«

»Und ... du wirst dabei sein, wenn sie ihn hochgehen lassen?«

»Wenn es der Boss absegnet.« Haydens Herz raste, weil er sich der Goldgrube näherte. Das war einfacher, als er gedacht hatte. Krulic hatte recht gehabt – ein Türsteher brauchte kein Hirn, also benutzte er es auch selten. Ridge machte von seinem gerade überhaupt keinen Gebrauch.

»Ihr habt es aber nicht auf Slick abgesehen, oder?«, fragte Ridge.

»Nein. Wäre ich sonst so blöd, mit dir darüber zu reden? Du würdest doch sofort zu ihm rennen und petzen. Kein Schwein will was von Slick. Ich glaube, der schmiert ein paar unserer Ranghöheren. «

»Kennst du dich in dem beschissenen Bunker überhaupt aus?«

»Besser als in meiner Westentasche.«

»Ich hoffe, dass du das ernst meinst und weißt, was du tust. Wenn nicht, bleibt uns nämlich nur noch eine weitere Nacht zusammen. Vorausgesetzt du willst die auch mit mir verbringen.«

»Warum nicht?« Jetzt wusste er alles, was er wissen musste. Alles, was *Krulic* wissen musste. Dennoch blieb das Gefühl des Triumphes aus.

»Schön. Können wir dann aufhören, von der Arbeit zu sprechen?« Kantige Finger legten sich an sein Kinn und zwangen ihn, den Kopf zu heben. Er folgte der Bewegung, gleich darauf sah er in dunkle Augen und Ridge beugte sich vor, um ihn zu küssen. Sanfter und spielerischer als zuvor. Ihre Lippen erkundeten den anderen zärtlich, fast vorsichtig. Hayden spielte mit der langen Mähne, die er doch eigentlich proletenhaft fand. Ihre Beine schlangen sich umeinander und ergaben ein interessantes Chaos. Er hielt den Atem an, als Ridge die Positionen tauschte und ihn unter sich begrub. Alles an diesem Mann war hart und heiß. Es war unglaublich, ihn auf sich liegen zu haben. So geküsst zu werden, war ebenfalls unglaublich. Streicheln konnte der Typ auch verdammt gut. Besser als jeder andere, den Hayden bisher kennengelernt hatte.

Er musste schon wieder stöhnen und tauschte dabei seinen Atem mit Ridge aus, der an seiner Unterlippe knabberte, während er mit der Hand seine Erektion bearbeitete. Verdammte Scheiße, hatte der einen Griff drauf. Den würde er nicht lange aushalten. »Fick mich noch mal«, murmelte er drängend.

»Hatt' ich vor«, kam mit gepresster Stimme zurück. »Würd schneller gehen, wenn du mir hilfst.« Er hielt ihm ein verpacktes Kondom vors Gesicht – zusammen mit einer kleinen Tube Gleitgel.

Haydens Mund wurde trocken, während er das Kondom aus der Folie holte. Etwas ungeschickt griff er nach unten, berührte Ridges harte Länge, fuhr daran auf und ab, was mit einem Knurren beantwortet wurde. Die Sehnen an Ridges Hals spannten sich und er schien zu erbeben. Hayden zog ihm das dünne Latex über, befeuchtete es mit Gleitgel und liebkoste geschwollene Hoden, bevor er tiefer in die Matratze gedrückt wurde und seinen Arm zwischen ihnen hervorholen musste. Er schlang sie um den Hals seines Lovers, der ihm in die Augen sah, während er in ihn eindrang. Hayden keuchte und zog Ridge zu sich hinab, weil er weiter geküsst werden wollte. Was bildete sich der Blödmann ein, damit aufzuhören? Ihm blieb der Atem weg, als sich eine feuchte Zunge in seinen Mund schob. Ridge nahm ihn mit gleichmäßigen Stößen, die etwas so Intensives an sich hatten, dass Hayden schwindlig wurde. Er schlang die Beine um Ridges Taille und ließ ihn tiefer in sich gleiten, was ihn ein Wimmern kostete. Für einen Herzschlag tat es weh. Ridge blieb das nicht verborgen, denn er hielt inne und gab ihm Zeit.

Hayden zitterte. Die Rücksichtnahme, die an Fürsorge grenzte, verwirrte ihn.

»Alles gut?«, fragte Ridge flüsternd.

Ein schnelles Nicken musste als Antwort genügen. Sehnsüchtig suchte Hayden erneut Ridges Mund, griff ihm dabei an die Wangen, um ihn nicht entwischen zu lassen. Dann saugte er an seiner Zunge. Ridge gab einen bebenden Laut von sich und bewegte die Hüften – härter und schneller als zuvor. Er küsste ihn wild, löste dann die Lippen von seinen und presste den Mund an Haydens Kehle.

Hayden murmelte Sachen, die ihm peinlich wären, wenn er noch alle beisammen hätte. Aber Ridge fickte ihn auf eine Weise, die seine Synapsen durchbrennen ließ. Wie ein Schwachkopf klammerte er sich an den Mann, der ihm einen weiteren Orgasmus verschaffte und sich, nachdem er selbst nochmal gekommen war, auf ihn sinken ließ. Ihre Haut war verschwitzt, sie klebten aneinander. Ridge atmete heftig und meinte irgendwann: »Danke übrigens.«

»Wofür?«

»Dafür, dass du gesagt hast, wie gut ich bin«, kam mit einem spöttischen Grinsen zurück.

»So'n Scheiß hab ich nicht gesagt.« Vermutlich schon ...

»Oh doch, genau den Scheiß hast du gesagt. Gestöhnt. Gekeucht.« Zähne vergruben sich in seinem Fleisch und er stöhnte gleich nochmal. »War auf jeden Fall verdammt scharf.«

Hayden hegte die Befürchtung, rot zu werden. Er konnte nicht weiter darüber nachdenken, da Ridge sich aus ihm zurückzog und sich irgendwie mit ihm zusammen in die Höhe hievte. Der Kerl hatte Kraft. »Was hast du vor?«

»Uns duschen.«

Das Neonlicht im Bad war eine Zumutung. Ridge drehte es mit einem Grummeln wieder aus. Das Licht der bunten Reklame draußen musste ihnen offenbar seiner Meinung nach genügen.

Sanft wurde Hayden in der Duschkabine auf seine eigenen Füße gestellt. Er beobachtete Ridge dabei, wie er sich das Kondom abstreifte und es in den Mülleimer wandern ließ. In dem rötlichen Schein, der Ridge so gut stand, konnte er in Ruhe die Tätowierungen betrachten, die seinen Körper zierten. Er entdeckte eine Vielfalt von Mustern, geometrisch, tiefschwarz, makellos. Dazwischen eine Vielzahl kleiner Details. Einen Mond, nein, ein ganzes Sonnensystem. Federn, Flügel, Pfeile. Ein Kompass lag über dem linken Bogen, den Ridges Becken machte.

Unter all der Tinte erkannte Hayden jedoch etwas anderes. Narben. Manche von ihnen waren auffälliger als die anderen, wölbten sich ihm entgegen, als schrien sie ihn stumm an, sie anzusehen und über sie nachzudenken.

Aber er wollte nicht darüber nachgrübeln. Es ging ihn ja nichts an.

Da entdeckte er den Wolfskopf an Ridges rechtem Oberarm, bevor der Mann zu ihm in die Dusche stieg und das Wasser aufdrehte. Eisige Kälte prasselte auf ihn hinab und er konnte einen Schrei nicht unterdrücken. »Du Arsch!«

Ridge lachte und spielte an der Armatur herum, bis es wärmer wurde. »War keine Absicht. Aber dein Gesichtsausdruck war es wert.«

Hayden erbebte noch einmal, ehe er die Hitze genießen konnte, die ihn in Tropfenform umfing. Seine Finger hoben sich, strichen über das beeindruckende Wolfsporträt, unter dem die Worte »never in chains again« standen. Nie wieder in Ketten. »Was bedeutet das?«

»Das? Nichts Bestimmtes. Hat mir einfach gefallen.« Ridge zuckte mit den Schultern, doch Hayden spürte die Anspannung, die von ihm ausging und seine Worte unglaubwürdig machte.

Wieder glitt sein Blick zu den vernarbten Punkten an Ridges Hals und seine Augen wurden schmal. Irgendetwas kreuzte seine Gedanken, verschwand jedoch sofort erneut im Dickicht wie ein scheues Reh.

»Und die hier?«, fragte er leise und streichelte die Koordinaten, die die Innenseite eines kräftigen Unterarms zierten.

Ridge entzog sich ihm und griff nach der Flasche mit Duschgel, um sich einzuseifen. »Die markieren den Ort, an dem meine Mutter begraben liegt.«

Müsste Hayden jetzt sein Beileid bekunden? Er war nicht gut in sowas und zog das Schweigen vor. Er nahm sich etwas Gel und zwang Ridge mit einem Ruck am Arm, ihm den Rücken zuzudrehen. In langsamen Bewegungen seifte er ihn ein und studierte die Tätowierungen, bis sie von Schaum bedeckt waren. Seine eigene Mutter kam ihm in den Sinn. Das Miststück. Die gemeine, verlogene Hure, um deren Leben er trotz allem fürchtete. Das Geld, das er ihr besorgt hatte, würde reichen, um sie noch eine Weile am Atmen zu halten. Ob er sie irgendwann wiedersehen würde? Wollte er das überhaupt?

Nein. Er hatte mit ihr abgeschlossen. Sie abgehakt und ausgestrichen.

Ridges Gesicht vor seinem holte ihn in die Gegenwart zurück. »Du knirschst mit den Zähnen.«

»Sorry«, murmelte er und wandte sich ab, um sich das Shampoo zu schnappen.

»Worüber hast du nachgedacht?«

Hayden zuckte abwehrend mit der Schulter, sagte aber zugleich: »Meine Mutter.«

»Ist sie auch gestorben?«

»Nur für mich.« Wild rubbelte er sich das nasse Haar.

»Was hat sie gemacht?«

Darauf gab er keine Antwort. Sie wäre zu demütigend: *Mich gequält und gehasst, weil ich schwul bin.*

»Hey.« Ridge griff behutsam nach seinen Händen. »Du reißt dir die Haare aus. Wär schade drum.« Sanft kümmerte er sich um die Einshampoonierung und zog Hayden zurück unter den Wasserstrahl. Fast liebevoll kraulte er ihm die Kopfhaut, um sie von Schaum zu befreien, und passte erfolgreich darauf auf, dass das Zeug seinen Rücken hinunterlief, anstatt ihm die Augen zu verätzen.

Hayden seufzte wohlig, was dazu führte, dass Ridge ihn zu sich drehte und in seine Arme zog. Eng umschlungen standen sie unter dem künstlichen Wasserfall. Mit geschlossenen Augen schmiegte er sich an Ridge, lauschte dessen Herzschlag und vergaß für einen Moment, dass er ein falsches Spiel trieb.

*

Der Morgen war kalt und düster. Genau wie Haydens Stimmung. Er hatte kaum geschlafen, weil Ridge und er nicht die Finger voneinander hatten lassen können, bis wirklich nichts mehr gegangen war.

Jetzt saß er in Dimitrij Krulics Büro und starrte aus dem Fenster. Hier gab es keine Leuchtreklame und auch keinen groß gewachsenen Kerl mit langen Haaren, Tattoos und einem verschmitzten Lächeln, den sie in rötlichen Schimmer tauchen könnte. Sein Magen tat einen Satz, als wäre er Achterbahn gefahren und spüre nun die Nachwirkungen. Sobald die Tür hinter ihm aufging, zuckte er zusammen, als hätte ein Schuss die Luft durchschnitten.

»Was hast du herausgefunden? Warum meldest du dich erst jetzt? Ich hab zig Mal auf deinem Scheißhandy angerufen!« Krulic ließ sich mit seinem fetten Arsch auf den Stuhl fallen und stopfte seine Zigarette in den Aschenbecher.

»Er war die ganze Nacht bei mir. Wie hätte ich da telefonieren sollen?«

»Dir wär schon was eingefallen, wenn du gewollt hättest«, fuhr der slawische Mistsack ihn an und strich sich durchs grau-schwarze Haar, das ihm bis zum Kinn reichte. »Aber das Arschficken war wieder wichtiger. Ist ja immer dasselbe mit euch verdammten Schwuchteln. Also, rede endlich.«

Hayden biss sich auf die Zunge, dass es wehtat. »Morgen Nacht soll ein Treffen mit dem Kanadier stattfinden. Er hat von irgendeinem Bunker gesprochen. Ich hab nicht nachgefragt, weil ich annahm, du würdest wissen, wovon die Rede ist.«

Krulic betrachtete ihn mit einem Blick, der ihn eine Missgeburt zu schimpfen schien – wie der seiner Mutter. Dann nickte er. »Dummer Slang, wie ich vermute. Ein Codename, aber ich hab da so eine Ahnung.«

Hayden schwieg und wartete. War die Sache hiermit erledigt?

»Sonst noch was?«, fragte Krulic.

Er schüttelte den Kopf. Etwas zu zaghaft.

»Bist du ganz sicher?«

Nach einem Schlucken gestand er: »Er will mich heute noch mal sehen.«

»Gut, gut.« Krulic rieb sich die Hände. »Vielleicht kannst du ein wenig mehr rausfinden. Von wem Slick, das Arschloch, sich begleiten lässt. Wie viele es sind. Der feige Wichser wird sicher seine halbe Armee aus degenerierten Schlägern aufmarschieren lassen.« Er lachte dämlich. »Obwohl der Kanadier ein vornehmer Kerl sein soll. Ich freu mich schon darauf, ihm ganz vornehm ein Ohr abzuschießen.«

Hayden knetete seine Finger. Das Herz schlug ihm bis zum Hals.

»Wird McVaine dabei sein, wenn es zur Sache geht?«

Dieselbe Frage hatte er sich gerade in Gedanken gestellt. »Ich weiß es nicht.«

»Finde es heraus. Der ist gefährlich.«

Inwiefern sollte Ridge gefährlich sein? Er wollte nachhaken, brachte aber kein Wort hervor. Die Vorstellung, dass er Ridge durch sein Handeln viel eher *in Gefahr* brachte, schnürte ihm die Luft ab.

»Zumindest war er die richtige Wahl«, fuhr Krulic fort und klopfte sich sinnbildlich auf die Schulter. »Zu dumm, um *nicht* mit dem Schwanz zu denken. Verrät die Geheimnisse seines Bosses, damit er den Lauf in ein Loch bekommt.«

»Darf ich gehen?« Er wusste nicht, wie lange er das Geschwätz noch ertragen konnte.

»Du darfst, Everard. Hast deine Sache gut gemacht, aber noch ist das Spiel nicht zu Ende. Das ist dir hoffentlich klar.«

Die Härchen an seinen Armen stellten sich auf und er erhob sich mit einem Nicken. Er musste dringend hier raus.

2

Pünktlich um neun Uhr vibrierte sein Handy auf dem Bett, anstatt dass jemand an die Tür klopfte. Hayden verzog das Gesicht. Gewiss eine Absage von Ridge, der nun doch keinen Bock mehr hatte, ihn zu treffen. Er nahm das Telefon in die Hand und setzte sich mit einem schweren Seufzen auf die Matratze, die sich unter ihm senkte, als hätte sie sich Ridges Gewicht ins Gedächtnis eingebrannt. Er ließ ein paar Minuten verstreichen. Die Reklame färbte den grauen Teppichboden unter ihm.

Vielleicht war es besser so. Was hätte eine weitere Verabredung gebracht? Außer mehr heißen Sex natürlich, an den er immer und immer wieder denken würde, wenn er sich in Zukunft selbst befriedigte.

Schließlich raffte er sich auf, die SMS zu lesen.

Komm runter, kleiner Bulle. Ich warte.

Er war schneller auf den Beinen, als er denken konnte. Er warf sich seine Jacke über und schlüpfte in die Schuhe, ehe er das Zimmer abschloss und nach unten eilte. Vor dem Ende der Treppe zügelte er seine

Schritte. Ridge brauchte ja nicht zu bemerken, dass er es kaum erwarten konnte, ihn wiederzusehen.

Draußen wurde er überrascht. Ridge grinste ihm auf einem Motorrad sitzend entgegen. Seine Arme waren bis auf die Tattoos nackt, Jeans und Shirt hauteng, sein Haar war im Nacken zu einem Zopf gebunden. Er sah heiß aus.

Hayden suchte nach bissigen Worten, um seine Gefühle – Freude, Erregung und Respekt vor dem schwarzen Ungetüm – zu kaschieren. »Kleiner Bulle?«

»Ich kann dich auch *Baby* nennen, wenn dir das lieber ist.«

»Arschloch.«

»Küss mich.« Das kam derart gebieterisch gegrummelt, dass Hayden gehorchte, ohne zu überlegen. Mitten auf der Straße, vor allen Passanten, küsste er Ridge auf den Mund. Und es blieb nicht bei einem flüchtigen Streifen ihrer Lippen, nein. Es artete in ein hitziges Zungenspiel aus, was ihn nervös und gierig machte.

Ridge löste sich schließlich von ihm und hielt ihm einen Helm entgegen. »Aufsetzen.«

»Ach, wirklich?«, spottete Hayden und zwängte seinen Schädel in die Kreation aus dunkelgrauem Hartplastik und Schaumstoff. »Und ich dachte, ich soll ihn mir in den Arsch schieben.«

»Der ist für meinen Schwanz reserviert, kleiner Bulle.«

Zur Strafe für den Scheiß boxte er Ridge – halbwegs sanft – in die Seite, was dem anderen nur ein amüsiertes

Schnauben entlockte. Dann stieg er auf die Ducati und suchte neben dem Sitz nach etwas, woran er sich festhalten konnte.

Ridge bereitete dem ein Ende – mit einem Ruck zog er Hayden an sich und legte sich seine Arme um die Taille.

Gehorsam kuschelte er sich an Ridge und stellte seine Füße auf die Trittbretter. Der Motor sprang sanft an, dennoch bekam er Herzrasen. Er kannte Motorräder nur von den hässlichen Gelegenheiten, bei denen sein ehemaliger Partner Frank und er zugesehen hatten, wie deren Fahrer vom Asphalt gekratzt wurden. Er schloss die Augen und drückte den Kopf samt störendem Helm an Ridges Rücken. Dieser schien zu spüren, dass er sich in die Hosen machte, und strich ihm über die Unterarme.

Der Wind blies ihm um den Helm und zerrte an seiner Kleidung. Hayden hielt die Lider fest geschlossen, gewöhnte sich aber langsam an die Geschwindigkeit und die Geräusche. Die Wärme und Selbstsicherheit, die von Ridge ausgingen, halfen ungemein. Zudem hatte er das Gefühl, der Kerl würde sich am Gasgriff zurückhalten. Gewiss fuhr er nicht immer so gesittet.

Die Autos wurden weniger, zumindest wurde es immer leiser und sie schienen von weniger Licht umgeben zu sein. Hayden wagte es, die Augen zu öffnen, und wurde mit einem unvergesslichen Ausblick belohnt. Sie befanden sich auf halber Höhe auf dem Berg, die

Stadt lag ihnen zu Füßen, funkelte und blinkte. Die Wägen dort unten schienen seltsam klein, die Leute winzig. Es war beeindruckend. Ein Gefühl von Überlegenheit ... nein, von *Freiheit* beschlich ihn. In Serpentinen schlängelten sie sich nach oben. Ganz von selbst passte er sich Ridges Bewegungen an, vertraute ihm. Das hier war verdammt schön. Atemberaubend. Das Beste seit einer Ewigkeit.

Aber er machte Ridge etwas vor. Spielte mit ihm. Benutzte ihn. Seine Kehle brannte. Sein Griff um Ridges Mitte wurde fester. Er wünschte, er könnte alles rückgängig machen. Könnte ungeschehen machen, was er getan hatte. Doch wo müsste er anfangen? Lange vor letzter Nacht. Lange vor Frank Davis. Vielleicht sogar noch vor DeAndre Miles – dem ersten Kerl, den er ins Bett gelockt hatte, um ihn mit einer Videoaufnahme zu erpressen. Vor wie vielen Männern war er gekniet, ohne was zu fühlen? Von wie vielen Typen hatte er sich ficken lassen, während er sich wünschte, es wäre vorbei? Könnte er sie noch zählen?

Das Motorrad wurde langsamer, rollte ein paar Meter, dann hielt es an.

Hayden glaubte, er würde gleich kotzen, beherrschte sich aber. Er stieg ab und nahm den Helm vom Kopf.

Ridge wirkte besorgt. »Du bist ganz blass. Bin ich zu schnell gefahren?«

»Nein, alles okay. Es war toll. Nur am Anfang hatte ich echt Angst.« Hatte er das gerade ernsthaft ausgesprochen? Zugegeben, dass er sich gefürchtet hatte? Er?

»Bist du sicher?«

»Klar bin ich sicher. Es war aufregend.« Er bemühte sich um ein unbeschwertes Grinsen. »Woher hast du das Teil?«, fragte er, um von seinem Zustand abzulenken.

»Geschenk von meinem Boss.«

»Von deinem Boss?«, wiederholte Hayden irritiert. Dann musste Ridge mehr sein als ein einfacher Türsteher. *Der ist gefährlich*, hatte Krulic gesagt.

Sein Gegenüber nahm ebenfalls den Helm ab und stieg von der Ducati. »Hast du Lust auf was zu essen? Ich dachte, wir gehen auf ein spätes Abendessen und danach ins Kino oder so.«

Hayden war auf ein Sextreffen eingestellt gewesen und nun überfordert. Mit ihm hatte nie jemand in ein Restaurant oder ins Kino gewollt. Sein schlechtes Gewissen schien ihn unter der Last zu erdrücken und dann war da außerdem das wilde Herzklopfen. »Äh, okay.«

Ridge musterte ihn scharf, dann nickte er Richtung Restaurant, das mitten auf dem Hügel stand und einen Wahnsinnsausblick bot.

*

Nach einem leckeren Essen aus hausgemachten Burgern und den besten Kartoffelwedges, die Hayden je gegessen hatte, saßen sie hinter dem Diner am Abhang und sahen aufs Wasser hinaus. Der Mond spiegelte sich an dessen Oberfläche – eine Sichel, die von sachtem Wellengang zum Vibrieren gebracht wurde. Der Wind streifte die Baumwipfel, wiegte sie sanft. Unzählige Sterne standen am dunklen Himmel. Der Anblick war so schön, dass er surreal wirkte. Wie ein Gemälde.

»Bob Ross hätte es nicht besser machen können, hm?«, meinte Ridge, der offenbar seine Gedanken lesen konnte.

Hayden schenkte ihm einen Blick und ein Lächeln, welches ganz von selbst kam.

»Wow«, murmelte der Mann an seiner Seite und musterte ihn aus schmalen Augen – irgendwie fasziniert und angetan.

»Was?«, fragte Hayden mit aufsteigender Nervosität. Er klammerte sich an die halb leere Bierflasche in seinen Händen.

»Das war das erste völlig ehrliche Lächeln, das ich von dir sehe.«

»Bullshit.«

»Und da fällt mir auf, dass du mich seit fast zwei Stunden nicht beschimpft hast.«

»Das lässt sich ändern, du Arsch.«

Ridge lachte leise in die Nacht hinaus. »Deine sozialen Kompetenzen sind echt erbärmlich.«

»Passt doch. Meine Familie findet mich in meiner Ganzheit erbärmlich.« Er brauchte einen Schluck, obwohl er unüberhörbar schon zu viel Bier gehabt hatte. Sonst würde er nicht solchen Bockmist faseln.

»Ich find dich ganz und gar nicht erbärmlich«, gab Ridge ernst zurück.

»Wenn du wüsstest, wie ich wirklich bin«, rutschte Hayden heraus. Fuck! »Wir sollten fahren«, fügte er rau hinzu und wollte aufstehen. Eine kräftige Hand zog ihn mit einem Ruck zurück.

»Du musst nicht abhauen. Wir können auch einfach das Thema wechseln.«

Müsste er nicht eher nachfragen, was gemeint war? Nachhaken und ihm die Wahrheit aus der Nase ziehen – oder sie aus ihm rausprügeln? Verbal oder mit den Fäusten? *Bitte frag nach!* Dann könnte er Ridge gestehen, war für ein verlogenes Arschloch er war und dass er ihn nur benutzte. Dass das alles geplant gewesen war und er ihn bloß angesprochen hatte, um an Informationen zu kommen.

»Hayden.« Ridge unterbrach seinen Gedankengang. »Ist okay«, murmelte er sanft. Dabei hatte er keine Ahnung, wovon er sprach. Und es riss Hayden das Herz aus der Brust. Ridge legte ihm die Hand in den Nacken, streichelte ihn fest und zugleich zärtlich. Hayden wusste, dass er das hier nicht verdiente, dennoch seufzte er vor Wohlgefühl und lockte Ridge damit näher zu sich. Erst als er die Hitze dessen Körpers spürte, bemerkte er die Kühle der Nacht. Ridge küsste ihm den Hals und er legte den Kopf schräg. Eine heiße Zungenspitze glitt von seinem Ohrläppchen hinunter zu seinem Hemdkragen. Ridges Atem brachte seine Haut zum Glühen und er drängte sich verlangend an den Mann, der sein Bier abstellte, um mit der Rechten nach Haydens Kinn zu greifen. Sachte zog er ihn näher und küsste ihn auf den Mund. Von seiner Erregung überwältigt ließ Hayden die Flasche zu Boden gleiten. Sie verfehlte den Stein und stürzte in die Tiefe, um irgendwo da unten dumpf in einer Baumkrone zu landen. Er schlang Ridge mit einem Ruck die Arme um den Hals und öffnete die Lippen. Was für ein Kuss. Was für ein Mann! Er vergrub die Finger in langem Haar. Eine große Hand erkundete seinen Oberkörper, strich über seinen Bauch, seine Seite.

Der Bann wurde gebrochen, als Ridges Handy klingelte. Es war ein schriller, ungewöhnlicher Ton, der ihn zusammenzucken ließ.

»Verdammte Scheiße«, brummte Ridge und löste sich von ihm, um geschmeidig den Abhang raufzuspringen und in sicherer Entfernung ans Telefon zu gehen.

Hayden betrachtete ihn und musste ein paar Mal schlucken, weil ihm das Herz aus der Kehle zu springen drohte.

Ridge hörte zu, sagte ein paar Worte und kam dann mit düsterer Miene zu ihm zurück. Er wischte sich über den Nacken. »Sorry, mein Boss braucht mich.«

Die Enttäuschung stand Hayden wohl ins Gesicht geschrieben, denn Ridge entschuldigte sich noch einmal mit heiserer Stimme. »Schon okay«, wehrte er ab und erhob sich. Seine Knie waren weich geworden, wie er bemerkte, als er fast auf die Fresse fiel. Ridge packte ihn am Arm und zog ihn den Felsen hinauf.

Schweigend stiegen sie auf das Motorrad. Diesmal schloss Hayden nicht die Augen, doch er konnte die Fahrt auch nicht genießen. Dumpfer Schmerz breitete sich in ihm aus, drückte ihm auf den Magen und legte sich auf seine Brust. Er umarmte Ridge fester und der reagierte darauf, indem er ihm die Finger auf die überkreuzten Unterarme legte. Hayden sollte es lieber sein, wenn er sie auf dem Lenker belassen würde, aber er hatte keine Angst mehr, sondern genoss die Zärtlichkeit ...

Als Ridge die Ducati vor dem Motel zum Stehen brachte, schwang Hayden sich von dem Ungetüm und nahm den Helm ab. Ridge klappte den Unterteil des seinen hoch. »Hör mal, vielleicht können wir uns mal wiedersehen. Ich weiß ja nicht, woher du kommst, aber ... na ja.«

Hayden nickte schwach und ließ sich am Kragen näherziehen. Ridge küsste ihn und er küsste zurück. Ihm fiel auf, dass er nichts für Krulic herausgefunden hatte, aber es war ihm scheißegal. Viel zu früh wurde er freigegeben. »Tust du mir einen Gefallen?«, fragte er belegt und sah in dunkle Augen.

»Welchen?«, hakte Ridge heiser nach.

»Geh morgen Nacht nicht mit deinem Boss. Ich hab ein schlechtes Gefühl.«

»Was ist mit *dir*? Wirst du dabei sein?«

»Du wirst es nicht glauben, aber der Chief hat mich abgezogen«, erwiderte Hayden mit einem aufgesetzten Lächeln. »Was sagst du? Kannst du's versprechen?«

Ridge biss ihn sanft in die Unterlippe. »Meinetwegen, kleiner Bulle.«

»Rufst du mich an?«

Ein Nicken kam zur Antwort, dann löste Ridge sich von ihm und ließ den Motor an. Ein paar Herzschläge später war er verschwunden. Hayden stand regungslos auf dem Fleck, auf dem man ihn zurückgelassen hatte. Wie würde er Ridge das alles erklären? Gab es eine Chance darauf, dass er ihm verzieh? Konnte er sich denn überhaupt selbst verzeihen? Er wusste es nicht …

3

Krulic hatte ihn vor sein Büro bestellt. Da stand Hayden nun, nachdem er den ganzen Tag im Bett seines Motelzimmers gelegen hatte. Die Sonne ging gerade unter, warf ihr rot-oranges Licht in den Hinterhof und brachte die Motorhauben und Dächer der teuren Autos zum Schimmern.

In ein paar Stunden würde die Scheiße vorbei sein. Krulic hatte seine Rache und seinen Willen bekommen. Und Hayden wäre wieder frei.

Schwere Schritte auf dem Kies machten ihn auf Krulic aufmerksam, der mit seinen Bodyguards aus dem Haus kam. »Steig in den Wagen«, befahl er rau.

Hayden rührte sich nicht. »Was?«

»Du sollst in die Scheißkarre steigen, hab ich gesagt!«

»Wozu? Was ...« Sein Mund wurde zu trocken, als dass er hätte weitersprechen können.

»Du bist eine kleine Versicherung. Ty sagt, der Türsteher hat dich gern. Sollte er uns Probleme machen, brauchen wir dich.«

Ty war einer der riesigen Kerle, die Krulic mit ihrem Leben beschützten. Hatte das fette Arschloch sie etwa beobachten lassen?!

»Das ist Bullshit! Außerdem wird Ridge nicht da sein! Er hat versprochen, sich von der Scheiße fernzuhalten.«

»Ja, und du hättest geschworen, ihm den Schwanz aus purem Vergnügen zu lutschen, wenn er dich danach gefragt hätte! Männer lügen, wenn es nötig ist! Und jetzt beweg deinen dummen Bullenarsch!«

»Das kannst du vergessen!« Hayden wollte kehrtmachen, doch massige Hände packten ihn und verfrachteten ihn trotz Gegenwehr in Krulics Wagen. Er stieß sich den Schädel an der Karosserie und plumpste benommen auf den Rücksitz. Gleich darauf sah er sich von Ty und Elijah flankiert, während Krulic auf dem

Beifahrersitz Platz nahm und sich ein anderer seiner Lakaien hinters Lenkrad klemmte.

Mit heftig klopfendem Herzen versuchte Hayden, einen klaren Kopf zu bewahren. Es war stickig und heiß hier drinnen. Die Luft war angereichert mit Krulics ekelhaftem Parfum und verätzte ihm bei jedem Atemzug die Lungen.

Sie verließen die Stadt und waren bald von hohen Bäumen umgeben, die das letzte Tageslicht verschluckten und sie in völlige Finsternis tauchten.

Er hatte keinen Schimmer, was abging, aber seine Vorahnung schien sich zu bewahrheiten. Warum war Krulic sich so sicher, dass Ridge da sein würde? Das Arschloch wusste definitiv mehr, als er hatte durchblicken lassen.

Hayden knirschte mit den Zähnen. Der Wichser hatte ihn verarscht!

Hier lief mehr, als er geglaubt und erwartet hatte. Verdammte Scheiße!

Der Wald lichtete sich, sie fuhren einen Abhang hinab und unter einer Brücke durch. Der Wagen schlingerte kurz im Schlamm und hielt an.

»Wo sind wir?«, fragte Hayden heiser, während er aus dem Auto gezogen wurde.

»Der dritte Eingang zur beschissenen Kanalisation, die Slick den *Bunker* nennt. Der Kanadier wird von Norden kommen, der andere Schwanzlutscher von Süden und *wir* ...« Krulic grinste teuflisch. »... überraschen sie von Westen.« Er sah auf die Uhr, gleich darauf ging sein Funkgerät an. Knackend und krachend informierte man ihn darüber, dass die anderen Ausgänge abgesichert waren.

Hayden begriff, dass es keinen Ausweg mehr gab, sobald man ihn in die stinkenden Rohre gezerrt haben würde. Er entspannte sich, um Tys Griff zum Erweichen zu verführen. Tatsächlich gaben die Finger eine Winzigkeit nach und Hayden nutzte die Chance. Er riss sich los und stolperte über den knirschenden Kies. Sobald er Schlamm unter sich hatte, kam er ins Wanken. Für eine Sekunde zog er ein Wagnis in Erwägung, doch bevor er eine Entscheidung treffen konnte, wurde er zu Boden geworfen. Der Aufprall schmerzte, doch nicht so heftig wie die Faust, die seine Nase traf, nachdem Ty ihn in die Höhe gezogen hatte.

»So 'ne Scheiße machst du nicht nochmal!«, schrie der riesige Kerl und schüttelte ihn am Kragen.

Hayden zeigte ihm die Zähne und verspürte nicht wenig Lust, dem Arschloch die Eingeweide aus dem Leib zu reißen. Doch ihm waren die Hände gebunden – durch stärkere Hände in seinem Rücken.

»Los jetzt«, befahl Krulic. »Timing ist alles, ihr Idioten!«

Nur ein paar Schritte unter freiem Himmel, dann befanden sie sich unter der Stadt. Der intensive Gestank ließ ihn würgen. Sein Geruchssinn war nicht so ausgeprägt, wie er vielleicht sein sollte, doch fein genug, um seinen Magen zu einigen unangenehmen Drehungen zu zwingen. Krulics Männer schienen ebenfalls nicht begeistert. Einige rümpften die Nasen, andere hielten sich die Ärmel – samt gezogenen Waffen – vor.

»Verdammte Memmen«, knurrte ihr Anführer und trat demonstrativ in alle Pfützen, die definitiv nicht aus Wasser bestanden. Nebenbei drückte er ein frisches Magazin in seine Pistole und wedelte probeweise damit herum.

Hayden verzog das Gesicht. Die Klamotten konnte er hinterher wegwerfen. Falls er heil aus der Scheiße rauskam, in der er sich leider nicht bloß sprichwörtlich befand.

»Ich kann sie hören«, meinte Krulic. »Die werden sich wundern. Bevor ich dem schwarzen Bastard den Gnadenschuss gebe, frag ich ihn nochmal, wer in dieser Scheißstadt das Sagen hat. Seine Antwort wird lauten: *Dimitrij Fucking Krulic.*«

Wäre sein Leben nicht in Gefahr, müsste Hayden die Augen verdrehen. Zu Krulics widerlichem Charakter kam nun also auch noch Größenwahn dazu.

Die Stimmen wurden lauter. Jene von Slick Sonny Hard kannte er bereits. Noch vor wenigen Monaten war Hayden einer der korrupten Bullen gewesen, die sich von Slicks Geld dazu hatten überreden lassen, die Grenzen des Gesetzes zu dehnen. Damals hatte er allerdings noch nicht gewusst, wie weit Slicks Einfluss und dessen Netz reichten.

Die andere Stimme musste dem Kanadier gehören. Sie klang melodiös und vornehm. Der Deal war in vollem Gange. Und Krulic beeilte sich, ihn zu stören.

»Hallo Hallo«, rief er grinsend gegen die Wand vor ihnen.

»Lächerlicher wär's nicht gegangen, oder?«, murmelte Hayden und erntete einen Stoß ins Kreuz von Ty.

Stille legte sich über die Wegkreuzung. Alle Männer zogen ihre Waffen und suchten nach Deckung oder einem geeigneten Schussplatz.

Tatsächlich war der Kanadier von Norden gekommen und Slick von Süden. Ersterer wirkte mit seinem Armani-Anzug und den streng zurückgekämmten Haaren wie ein Börsenmakler, der sich im Weg geirrt hatte. Slick wirkte nicht weniger deplatziert. Seine Goldketten blinkten im spärlichen Licht der Taschenlampen, seine Klamotten waren auffallend bunt. Der Gangsterrapper-Style sorgte dafür, dass man ihn unterschätzte. Vielleicht war das genau das, was er erreichen wollte. Jetzt lächelte er und breitete die Arme aus, als würde er einen alten Freund begrüßen: »Dimitrij, welch eine Freude, dass du zu uns stößt.«

»Was wird das hier?«, mischte sich der Kanadier ein und ließ sich von seinen nervösen Männern flankieren, die leise auf französisch fluchten.

»Nur ein Bekannter, der sich auf die Füße getreten fühlt. Ich habe alles unter Kontrolle«, erwiderte Slick ruhig.

»Du hast alles unter Kontrolle? Das glaubst aber auch nur du!«, lachte Krulic und wirkte manisch. »Wo hast du deinen Wachhund gelassen?«

»Zuhause.«

Krulic deutete auf Hayden. »Schade. Ich hab ein Geschenk für ihn dabei. Bin leider nicht dazu gekommen, es ordentlich einzupacken.«

Ridge sollte Slicks Wachhund sein? Hayden schlug das Herz bis zum engen Hals.

Slick zuckte die Schultern, das Lächeln unverändert. Er sah aus wie ein Kerl, der ein paar Asse aus dem Ärmel schütteln konnte. »Dimitrij, bedauerlicherweise habe ich im Augenblick keine Zeit für dich. Wenn du dich friedlich zurückziehen möchtest, wäre jetzt der richtige Moment.«

»Du eingebildeter Scheißkerl!«, brüllte Krulic und sorgte mit einem Schritt nach vorne dafür, dass Slicks Leute nervös an den Abzügen spielten. »Siehst du nicht, dass du verloren hast?! Die Eingänge sind umstellt! Du bist am Arsch!«

»Das glaube ich nicht.« In aller Lässigkeit schob sich Slick zwei Finger in den Mund und ließ einen Pfiff durch die Gänge gellen.

Entschlossene Schritte hallten zurück. Krulics Männer richteten ihre Taschenlampen zu spät in die Dunkelheit hinter sich. Ein Schatten tauchte geschmeidig daraus auf und schlug den ersten von Krulics Leuten zu Boden, bevor er die Mündung seiner Pistole auf Krulic richtete.

Haydens Herz blieb stehen.

Es war Ridge.

Ridge mit den dunklen Augen, die starr auf den Feind gerichtet waren.

Ridge mit dem langen Haar, welches halb zu einem Knoten gebunden war.

Ridge, der die Waffe nicht wie ein Polizist mit beiden Händen hielt, sondern wie ein verdammter Gangster in der Rechten.

Dieser verdammte Ridge Mc-*fucking*-Vaine, der ihn total verarscht hatte!

*

Hayden fing sich von dem Schock, als Ty ihn in Krulics Richtung schleuderte. Der Fette grabschte nach ihm und benutzte ihn als Schutzschild. Ganz, wie er es geplant hatte. Allerdings hatte er wohl nicht damit gerechnet, von drei Seiten bedrängt zu werden. Er tapste unruhig hin und her, nicht wissend, wohin er sich wenden sollte. »Ich hab deinen Lover, McVaine! Und ich verteil sein Scheißhirn auf dem Boden, wenn du mir was tust!«

Ridge würdigte Hayden keines Blickes, sondern starrte Krulic ins Gesicht, die Waffe unverwandt auf ihn gerichtet. Seine Stirn war in tiefe Falten gelegt, die Augen zu schmalen Schlitzen verengt. Die rechte Seite seiner Oberlippe hob sich unter dem Bart wie eine Lefze. Weiße Zähne blitzten auf. »Boss«, knurrte er.

Hayden wusste nicht, wie ihm geschah. Krulic wurde von hinten überwältigt, ging unter hysterischem Gekeife zu Boden. Jemand griff nach Hayden – es war Mickey, Slicks Bodyguard höchstpersönlich – und zog ihn in die Schatten.

Verzweiflung ließ Schweiß auf seiner Haut ausbrechen. Er wurde festgehalten, befand sich unter Feinden. Vermutlich würde Slick ihn zusammen mit Krulic und dessen Männern hinrichten, sobald der feine Kanadier den Heimweg angetreten hatte. Er würde hier drinnen draufgehen. Würde Ridge ihn eigenhändig abknallen?

Es gab nur einen einzigen Ausweg. Eine lächerlich kleine Chance auf Überleben.

Die Decke über ihnen begann zu beben. Erst kaum merklich, dann mit ansteigender Kraft. Es dröhnte in den Ohren und vibrierte im ganzen Körper.

Hayden begriff, dass ein Zug über sie hinwegfuhr. Ridge verzog das Gesicht, als würde er Schmerzen leiden, und schien flüchtig abgelenkt.

Jetzt oder nie.

Hayden ließ den Wolf aus sich herausbrechen, ließ ihn förmlich explodieren und sich selbst eskalieren. Er riss sich los, warf die Jeans ab, die ihm an den Beinen hing und sprang aus der Dunkelheit direkt auf Ridge, den verdammten Scheißkerl. Der Wichser ging keuchend unter ihm zu Boden und Hayden hechtete über ihn hinweg. Er stob zwischen Slicks Handlangern hindurch, die ihm irritiert Platz machten.

Panik ließ ihn erbeben und er schüttelte sich während dem Laufen. Da er fürchtete, der Ausgang wäre von weiteren Leuten blockiert, brach er nach rechts aus und nahm eine der vielen schmalen Abzweigungen. Sollte irgendjemand ihm nachlaufen, würde er ihm hier herein nicht folgen können. Die Decke war nicht hoch genug für einen Menschen. Für einen Wolf war sie perfekt.

Sein Atem ging laut und hechelnd und mit jedem Galoppsprung pumpte sein Herz heißes Blut durch seine Adern. Der Kopf tat ihm höllisch weh und seine Sicht war getrübt, weil ihm die Angst die Augen weit und der Luftzug seiner Bewegung sie trocken machte.

Er nahm eine weitere Kurve, bemerkte jedoch schnell, dass er in eine Sackgasse gelaufen war. Seine Pfoten fanden keinen Halt, als er das Tempo zügeln wollte, und er knallte in eine Wand aus Steinblöcken. Ein Jaulen entrang sich ihm, als er mit der Schnauze dagegenstieß. Hastig rannte er zurück zu jener Kreuzung und hob die Nase, in der Hoffnung, er könne irgendwoher Freiheit riechen.

Tatsächlich erreichte ihn trotz all dem Gestank nach Fäkalien und Pisse ein Hauch von Frische. Erleichtert galoppierte er den Gang entlang und konnte eine halbe Minute später einen zarten Schimmer von Mondlicht sehen. Schließlich atmete er Nachtluft ein und blickte in den Sternenhimmel hinauf. Ein Waldstück umgab ihn, von weit her vernahm er die Geräusche des Straßenverkehrs. Eine Polizeisirene drang zu ihm vor, als wollte sie ihn verspotten. Wie Ridge es getan hatte! Von wegen *korrekter, ehrenhafter, kleiner Bulle.* Das Arschloch hatte von Anfang an gewusst, wer und was er war. Er hatte ihn benutzt und mit ihm gespielt. Hayden knurrte, weil ihm die Erkenntnis etwas Schmerzhaftes durch die Brust stieß und sein Herz pfählte. Dieser elende Scheiß-

Ein grollendes Knurren ließ ihn herumfahren. Aus dem Augenwinkel sah er einen Schatten auf sich zuspringen. Einen Lidschlag später packten ihn scharfe Zähne im Genick und ein schweres Gewicht begrub ihn unter sich.

Hayden war unfähig, sich zu bewegen. Todesangst lähmte seine Glieder und seinen Atem, der zäh durch seine leicht geöffnete Schnauze strömte.

Der Wolf mit dem tiefschwarzen Fell würde ihn töten, dessen war er sich sicher. Dar Tier war zu stark und zu groß, als dass Hayden auch nur die geringste Chance hätte, gegen ihn zu gewinnen.

Die Welt um ihn herum kam ihm plötzlich gestochen scharf vor, als hätte er sie zuvor durch eine falsch eingestellte Brille betrachtet – als wäre sein ganzes Leben nur ein Film gewesen. Als würde er zum ersten Mal richtig sehen. Die harten Kanten der Baumrinden, die stechenden Nadeln der Tannen, die sich im Wind wiegenden Grashalme, das dunkle Schwarzblau des Himmels, an dem die Sterne klebten.

Unvermittelt verwandelte sich der Wolf über ihm in etwas viel Menschlicheres. Keine Zähne drückten sich mehr in sein empfindliches Fleisch, keine Krallen fixierten ihm die Hinterbeine und statt der Läufe umfassten starke Arme seinen Hals.

»Hab ich dir wehgetan?«, fragte Ridge schwer atmend und schien seinen Nacken zu untersuchen, während Hayden ihm fassungslos von der Seite ins Gesicht stierte.

Ridge war ein Wandler? Wie hatte er das nicht riechen können? Wie hatten ihn seine Sinne dermaßen im Stich lassen können? Er war ein verdammter Wolf!

Andererseits hatte er damals mit Nick geschlafen, der auch ein Wolf war, und diesen täuschen können …

»Hayden, ich will mit dir reden. Komm schon.«

Voll Zorn nahm er seine menschliche Gestalt an. Bis auf den Motelschlüssel, den er an einer Kette um den Hals trug, war er nackt – wie Ridge. Seine verschwitzte Haut klebte an Ridge, doch diesmal nicht, weil sie Sex miteinander hatten. »Du hast mich die ganze Zeit verarscht, du verfickter Dreckskerl! Du hast gewusst, dass Krulic mich auf dich angesetzt hat!«

»Ja, ich wusste es.«

»Du hast mich in die Falle laufen lassen!«

Nun wurde auch Ridge laut: »Ich hatte keine Ahnung, dass Krulic dich mitbringen würde! Du hast gesagt, dein *Chief* hätte dich abgezogen!«

»Und *du* hast versprochen, du würdest nicht kommen!«, brüllte Hayden und hasste sich für den Umstand, dass er sich solche Sorgen gemacht hatte!

»Ging eben nicht anders«, knurrte Ridge resigniert.

»Und das hier geht jetzt auch nicht anders, oder?«

»Was meinst du?«

Hayden schluckte hart. »Du wirst mich umbringen, weil Slick es will.«

»Dich umbringen?«, keuchte Ridge und lockerte den Griff, mit den er ihn im Schwitzkasten hatte. »Bist du bescheuert?«

»Warum solltest du mir sonst nachlaufen?«

Darauf gab der Wichser keine Antwort. Stattdessen löste er sich schweigend von ihm und ging im dunklen Gras in die Hocke. Er wischte sich über Bart und Mund.

Hayden rappelte sich halb auf, verdeckte seine Blöße mit den Händen, was mindestens genauso peinlich war, als würde er seine Kronjuwelen einfach im Freien baumeln lassen. »Sag was!«, fuhr er Ridge an, der offenbar stumm geworden war.

»Slick und ich haben einen Deal. Wenn ich mich auf deinen Taschenspielertrick einlasse, lässt er dich laufen.«

»Obwohl ich dafür verantwortlich bin, dass Krulic ihn in eine Falle gelockt hat?!«

»Hat er ja nicht. Es ist Krulic, der Slick in die Schlinge gestiegen ist.«

»Du weißt, was ich meine! Krulic hatte das immerhin anders geplant!«

»Der Boss und ich haben einen Deal«, wiederholte Ridge nachdrücklich. »Ich hätte deinen Köder nicht geschluckt, wenn ich mir nicht sicher sein könnte, dass dir nichts passieren wird.«

Hayden schüttelte heftig den Kopf, wollte die Angst, die Wut und die Enttäuschung abwerfen, doch sie klammerten sich an ihn. »Warum bist du mir dann nachgerannt?«

Ridge hob den Blick und sah ihm in die Augen. Seine düstere, ernste Miene verriet nicht, was er dachte. »Ich weiß es nicht.«

»Verdammter Scheißkerl«, spuckte Hayden ihm entgegen und ließ den Wolf erneut hervorbrechen, um zwischen den Bäumen zu verschwinden.

Das Adrenalin, das durch seinen Körper gepumpt wurde, ließ seine Furcht noch einmal hell auflodern. Wie ein Lagerfeuer, das man mit Benzin zu löschen versuchte. Doch Ridge folgte ihm nicht. Hinter ihm schloss sich der Wald und die Dunkelheit verschlang ihn. Oder nahm sie ihn schützend in ihre Obhut? Er wusste es nicht, denn offensichtlich hatte er verlernt, Freund von Feind zu unterscheiden.

4

Mit vor der Brust verschränkten Armen stand Ridge vor dem Schreibtisch. Slicks Büro roch nach Marihuana und teurem Parfum. Rapsongs liefen im Hintergrund des lauten Anschisses, den er sich gerade abholte.

»Es war abgemacht, dass du die Typen abknallst, mit denen Krulic durch den westlichen Eingang kommt!«, brüllte Slick wild gestikulierend.

»Ich hab's mir eben anders überlegt!«

»Du hattest nicht zu überlegen, sondern meinen Befehl auszuführen!«

»Es war unnötig, sie umzubringen«, protestierte Ridge. »Die meisten von ihnen haben sich ergeben und werden dir gute Dienste leisten.«

»Du hast mir ein paar Armleuchter eingebracht, die *vielleicht* irgendwann ganz nützlich sein werden, aber es war auch ein Haufen Arbeit, ihnen klarzumachen, dass sie jetzt für *mich* arbeiten!«

»Hat doch funktioniert.«

Slick donnerte die Faust auf den Tisch. »Und dann rennst du einfach davon! Ist ja nicht so, als hätten wir uns da drinnen Kaffee und Croissants bestellt! Wir haben Krulic gefangen genommen! Es hätte weiß der Teufel was passieren können und du kehrst mir den Rücken und läufst davon!«

»Ich bin nicht davongelaufen, ich wollte ...«

»Was? Was wolltest du? Wenn du's doch endlich ausspucken würdest!«

Ridge biss sich auf die Unterlippe. »Ich wollte Hayden fragen, ob er okay ist.«

»Er hat sich in einen Wolf verwandelt und ist quietschfidel von dannen gehüpft. Inwiefern hätte er nicht okay sein sollen?«

Mickey, Slicks Schoßhündchen, schüttelte missbilligend den Kopf. »Boss, ich glaub, Ridge ist verknallt.«

»Halt die Klappe, verdammter Hurensohn«, fuhr Ridge ihm übers Maul.

»Ja, Mickey, das glaube ich auch langsam.« Slick musterte ihn scharf. Man konnte ihm förmlich beim Denken zusehen.

Ridge setzte seine böseste Grimasse auf, um dem Scheiß ein Ende zu bereiten. »Ich bin nichts dergleichen.«

»Mickey hat gesagt, du bist noch mal zu Everards Motel gefahren.« Slick stand auf und stellte sich Ridge gegenüber, den Arsch an den Tisch gelehnt.

»Na und? Ich hab ihm bloß sein Zeug vor die Tür gelegt.« Die Klamotten samt Handy und Brieftasche.

Slicks Augen wurden schmal. »Und du hast sicher nicht geklopft?«

»Nein.« Er hatte nicht den Mut dazu gefunden.

»Dann bedeutet Everard dir also nichts?«

Ridge würgte an der Trockenheit in seinem Mund, wollte etwas sagen, brachte aber nichts hervor. Er würde gerne bestätigen, dass er sich nichts aus Hayden machte. Aber irgendwas hielt ihn zurück. Als hätte man ihn erneut in Ketten gelegt. Dabei hatte er sich geschworen, dass das nie wieder passieren würde.

Slick legte den Kopf schräg. »Du gibst keine Antwort. Sagt mir genug.«

»Ist das denn irgendwie von Bedeutung für dich?«

»Ja, und du weißt, warum. Ich kann es nicht gebrauchen, dass dir jemand den Kopf verdreht und deinen Blick fesselt, denn der hat immer auf mir zu ruhen. Habe ich mich klar genug ausgedrückt?«

»Ja, Boss«, presste Ridge zwischen den Zähnen hervor und spannte die Schultern an, weil ihm ein kalter Schauer übers Rückgrat lief.

»Gut.« Slick verscheuchte ihn mit einer Handbewegung. »Dann geh und sieh nach, wie es Krulic in seiner kleinen Ferienwohnung gefällt.«

Ridge stieß sich von der Mauer ab. Ein Wunder, dass er die lässige Pose beibehalten hatte können, wo doch in seinem Inneren jede einzelne Sirene angegangen war. Alarmglocken schrillten, Blaulicht blinkte, der Wolf heulte und die Narben an seinem Hals brannten wie die Hölle.

Er verließ das Büro und ging den Gang entlang, folgte der Treppe in den Keller und ließ sich von Chris die Tür zum Luftschutzbunker aufmachen. Modrige Kälte und Dunkelheit empfingen ihn. Seine schweren Schritte hallten von den Wänden wieder, als er den Raum durchquerte. Das Surren der Wandlampe in der hintersten Zelle brachte seinen Kopf zum Dröhnen.

Vor den Gitterstäben blieb er stehen. Krulic saß zusammengesunken auf der Bank, die in der Betonwand verankert war. Als er Ridges Anwesenheit bemerkte, hob er den Kopf. Sein Gesicht war eine unförmige

Masse aus Blutergüssen und Schwellungen. »Bringt es endlich zu Ende, ihr scheißverdammten Wichser.«

Ridge konnte nicht antworten. Das Blut in seinen Adern pulsierte wild. Was würde sein kleiner Bulle für ihn empfinden, wenn er wüsste, wer er war, was er getan hatte und welche Schuld an seinen Händen haftete?

Hayden würde ihn verabscheuen.

*

Unruhig ging Hayden vor dem Fenster auf und ab. Seine Tasche war gepackt. Er könnte jederzeit auschecken und abhauen. Aber irgendwas hielt ihn zurück, fesselte ihn seit zwei Tagen an dieses beschissene Motelzimmer.

Offenbar wollte Slick ihm tatsächlich nichts antun. Zumindest hatte ihm noch keiner von dessen Handlangern die Kehle durchgeschnitten, obwohl er ihnen genug Möglichkeiten dazu gegeben hatte, indem er nachts durch die Straßen der ihm fremden Stadt streifte. Weil er sowieso nicht schlafen konnte.

Warum war Ridge ihm nachgelaufen? Weshalb hatte er die Seite seines Bosses verlassen, um ihm zu folgen, wenn er keinen Befehl dazu erhalten hatte? Hayden fiel kein plausibler Grund ein. Immer und immer wieder spielte er die Szene in Gedanken durch und geriet ein ums andere Mal ins Stocken, als Ridge ihn in seiner Erinnerung fragte, ob er ihm wehgetan habe.

Warum sollte ihm das wichtig sein?

Dafür gab es nur eine Erklärung: Er mochte ihn.

»Red dir das nicht ein, Vollidiot«, knurrte er und ballte die Hände zu Fäusten.

Hätte er dann nicht angerufen oder eine SMS geschrieben, anstatt das Zeug einfach vor die Tür zu werfen? Die gewaschenen und sauber gefalteten Klamotten, auf denen sein Handy und die Geldbörse gelegen hatten.

Schon von weitem hatte Hayden das Motorrad gehört und sich vom Fenster ferngehalten, obwohl er nichts lieber getan hätte, als einen Blick auf Ridge zu erhaschen. Stattdessen hatte er sich aufs Bett gesetzt und angespannt auf das Klopfen gewartet. Er hatte sich gefragt, ob er aufmachen würde. Dabei war die Antwort völlig klar. Natürlich würde er.

Die Schritte waren gekommen, ganz unleugbar Ridges Schritte, und hatten draußen am Gang innegehalten, während Hayden die Luft anhielt. Aber es folgte keine Faust, die gegen die Tür hämmerte. Es blieb still, bis Ridge sich wieder entfernte. Hayden lauschte dem Klang der Ducati, wie sie davonfuhr, und sammelte dann die Scherben seiner selbst vom Boden auf. Dieses verdammte Arschloch! Was bildete der Mistkerl sich ein, ihn so zu behandeln, ihn so zu verarschen und ihm so verdammt verschissen *wehzutun*?!

Er raufte sich das Haar und starrte das wenige Gepäck an, das er bei sich trug. Wohin sollte er gehen? Er wusste es nicht. Genau genommen wollte er nicht mal fort von hier, sondern viel lieber zu Ridge und ihm ordentlich die Meinung sagen.

Ein Klopfen ließ ihn mit einem Ruck aufstehen und sich der Tür zudrehen. Diesmal hatte er kein Motorrad gehört, aber es könnte trotzdem Ridge sein.

Verdammt, er wollte endlich mit dem Idioten reden! Wütend – gleichsam hoffnungsvoll – riss er die Tür auf, doch es war nicht Ridge, der davorstand.

»Mr. Hard will dich sehen«, meinte Mickey und wedelte mit einer Pistole vor seiner Brust herum. »Ich will kein Loch in dich reinschießen müssen, also zieh deine Scheißschuhe an und komm.«

*

»Warum bin ich hier?«, fragte Hayden, sobald er in Slicks Büro geführt wurde.

Slick bedachte ihn mit einem Grinsen, bei dem seine weißen Zähne leuchteten wie eine Reklametafel. »Setz dich, Everard.«

Missmutig tat Hayden, wie ihm geheißen. Er war gut darin, seine Ängste mit trotzigem Verhalten zu überspielen. Panik brachte ihm nichts. Sein zur Schau gestellter Zorn und die gespielte Überlegenheit ließen ihn zumindest in Würde sterben, sollte es dazu kommen. »Warum hast du mich herbringen lassen?«

»Ein kleiner Test«, antwortete Slick mit einem geheimnisvollen Lächeln und rührte lautstark in seiner Kaffeetasse.

Hayden spürte Mickeys Präsenz im Rücken. Die Härchen in seinem Nacken stellten sich auf und die Stelle über dem Jackenkragen kam ihm plötzlich schrecklich ungeschützt vor.

Schlürfend nahm Slick einen Schluck und starrte ihn über den Tassenrand hinweg an. »Schon witzig, dass du von der Polizei gesucht wirst. Wie fühlt es sich an, auf der anderen Seite zu stehen? Zusammen mit dem Gesindel.« Er grinste. »Zusammen mit *mir*.«

»Ich hab immer kooperiert, wenn du was von mir wolltest.« Hatte dieser Irre vor, ihn auszuliefern? Was hätte er davon?

»War nur eine Frage. Ohne Hintergedanken.«

»Was willst du von mir?«

Mickey grunzte. »Der quatscht mir zu viel, Boss.«

Slick lachte in seiner gewohnten Manier. »Du willst ihm das Maul stopfen, aber das lassen wir schön bleiben.« Er wandte sich Hayden zu: »Darf ich wissen, warum dir Krulic plötzlich lieber war als ich?«

»Er war mir nicht *lieber*. Ich stand in seiner Schuld.«

»Du hättest zu mir kommen können, dann hätten wir das geändert.«

»Ich wusste anfangs nicht, dass *du* sein Feind bist. Und wieso hätte ich dir vertrauen sollen?«

»Weil der Boss nichts über seine Ehre kommen lässt«, warf Mickey ein und meinte die Scheiße auch noch ernst. Ehre? Slick Sonny Hard, der Gangsterboss?

»Weil ich nichts über meine Ehre kommen lassen, Everard«, bestätigte Slick mit einem Nicken und fuhr sich mit zwei Fingern durch den künstlich geglätteten Haarzopf, der zu seinem Namen beitrug.

Hayden wusste nicht, was er sagen sollte. Erwartete Slick, dass er sich entschuldigte? Musste er um Vergebung betteln? Vor ihm auf die Knie sinken und um sein beschissenes Leben flehen?

Das konnte der Wichser vergessen!

Slick lächelte nachsichtig. »Ich seh schon. Du glaubst mir nicht, aber wir sind ja heute nicht hier, um dich ...« Der Tumult draußen vor der Tür ließ ihn den Satz nicht zu Ende sprechen.

»Geh mir aus dem Weg!«

Ridges Stimme würde er aus tausend anderen heraushören. Sie brachte seinen Herzschlag auf Trab.

Jemand wurde gegen die Wand im Gang gestoßen, dann ging die Tür auf – mit so viel Schwung, dass sie gegen die Kommode knallte. Ridge stand im Raum. Mit zorniger Grimasse, zerzaustem Haar und geballten Fäusten.

Haydens Eingeweide zogen sich angenehm zusammen.

»Was soll die Scheiße?!«, fuhr Ridge seinen Boss an.

Slicks Haltung veränderte sich. Seine Schultern wirkten angespannt, seine Miene ernst und düster. »Ich weiß nicht, was du meinst.«

»Du hast mir ein Versprechen gegeben.«

»Hab ich es denn gebrochen?«

»Noch hat er es nicht gebrochen«, murmelte Mickey und packte Hayden einmal kurz und kräftig an den Haaren, was ihn aufkeuchen ließ.

Im nächsten Augenblick packte Ridge Mickey und stieß ihn mit Gewalt gegen das Bücherregal. »Du rührst ihn nicht an, ist das klar?!«

Slick kam auf die Beine. »Ridge!«

»Hab's dir gesagt, Boss. Hab's dir doch gesagt«, murmelte Mickey trotz Ridges Händen an seinem Hals, die ihm hörbar den Großteil der Luft abschnürten.

»Du missachtest meine Anweisungen, verlässt meine Seite in einer brenzligen Situation und jetzt führst du dich Everards wegen auf wie ein Derwisch!«, brüllte Slick. »Ich dachte, wir wären Freunde!«

»Und ich dachte, wir hätten einen Deal!«

»Den haben wir! Niemand von uns hat deinem kostbaren Bullenverräter ein Haar gekrümmt! Oder haben wir das, Everard?«

Hayden schaffte es, den Kopf zu schütteln, als Ridge sich zu ihm umdrehte und ihn mit dunklem Blick musterte.

»Lässt du Mickey jetzt los und beruhigst dich?«, fragte Slick.

»Warum hast du ihn herbringen lassen?«

»Ich wollte ein paar Worte bezüglich Krulic mit ihm wechseln. Nicht wahr, Everard?«

Nicht ganz. Hayden nickte trotzdem. Es hatte wohl eher mit dem »kleinen Test« zu tun, den Slick angekündigt hatte. Nur dass nicht Hayden getestet worden war, sondern Ridge. Und er konnte sich beim besten Willen nicht vorstellen, dass Ridge bestanden hatte ...

»Warum hast du mir nicht gesagt, dass du das vorhast?«, fragte Ridge.

»Ich wusste ja nicht, dass es dich interessiert«, kam provokant zurück.

Ridge fletschte die Zähne in Slicks Richtung, was diesem nicht zu gefallen schien. Dann versetzte er Mickey einen Stoß und ließ von ihm ab. »Seid ihr fertig?«

Slick presste die Zähne aufeinander und ein Wort dazwischen hervor: »Ja.«

»Darf ich ihn nach Hause fahren?«

Ein Nicken kam zurück. »Du wirst was für mich erledigen, nachdem du die Sache mit Krulic zu Ende gebracht hast.«

»Ein Nachspiel hierfür?«

»Eine Wiedergutmachung. Falls dir daran liegt, was ich hoffe.«

Nun war es an Ridge, zu nicken, bevor er Hayden am Oberarm packte und ihn förmlich aus dem Raum schleifte.

Hayden stolperte hinter ihm her. »Hey«, knurrte er und wollte sich befreien.

Ridge reagierte nicht, sondern nahm erst die Finger von ihm, als sie sich unter freiem Himmel befanden. »Warum bist du noch in der Stadt?«

»Weil irgend so ein Arschloch mir versichert hat, dass sein Boss mir nicht an den Kragen will!«

»Na und? Du rennst doch sonst auch immer davon, wenn dir was gegen den Strich geht!«

Hayden taumelte rückwärts, als hätte ihn ein Schlag getroffen. »Was?«

»Du hast dich seit deinem Eintritt bei der Polizei vor sieben Jahren schon drei Mal versetzen lassen.«

»Woher weißt du das?« Mit zitternden Beinen stakste er hinter Ridge her, der einen Wagen ansteuerte. Wo hatte er seine Ducati, das tolle Geschenk von seinem tollen Boss, gelassen?

»Slick kennt seine Feinde gut.«

»Besser als seine Freunde offensichtlich.«

»Was?«, fragte Ridge irritiert und starrte ihn über das Autodach hinweg an.

»Nichts«, knurrte Hayden. Er würde kein Wort über Slicks bescheuerten Test verlieren, weil er nicht wusste, was er davon halten sollte.

»Steig ein.«

Hayden ließ sich auf den Sitz fallen und knallte die Tür hinter sich mit Gewalt in den Rahmen. »Was weißt du sonst noch über mich?«

»Genug«, antwortete Ridge leise und ließ den Motor an, um sie aus dem Hinterhof zu kutschieren.

»Genug wozu?«

Ridge legte die Stirn in Falten und wehrte die Frage mit einem Kopfschütteln ab.

»Los, sag schon! Was glaubst du, über mich zu wissen?!«

»Na gut, wenn du's unbedingt hören musst: Deine Mutter ist schwer krank und du hast ziemlich viel Scheiße abgezogen, um ihr zu helfen, obwohl du sie irgendwie hasst. Das hab ich nicht von Slick, sondern von *dir*, als du dich da oben verplappert hast. Du bist untergetaucht, weil sie dich suchen, aber du hast Glück, weil nicht offiziell nach dir gefahndet wird, sondern die Bullen unter den Tisch kehren wollen, dass einer von ihnen mit russischen Waffenhändlern Geschäfte macht. Du bist korrupt und bringst dich gern in Schwierigkeiten. Genau wie mit Krulic. Du dachtest, du kannst ihn in seinem eigenen Casino über den Tisch ziehen, aber das hat nicht geklappt und am Ende warst du derjenige, den man verarscht hat.«

»Woran *du* im Übrigen nicht unbeteiligt warst!«

»Es tut mir leid.«

Das ließ ihn innehalten. Was?

Ridge machte einen zerknirschten Eindruck. »Slick hat viel für mich getan. Ich dachte mir nichts dabei. Er hat versprochen, dir würde nichts passieren. Und ich wollte es ja selbst. Mit dir ins Bett, meine ich. Du bist immerhin verdammt heiß.«

»Versuch's jetzt nicht mit Komplimenten, Arschloch«, brummte Hayden milde.

Ein Schmunzeln huschte über Ridges Gesicht. »Ist nur die Wahrheit. Bekomme ich eine Antwort auf die Frage, warum du geblieben bist?«

Zähneknirschend erwiderte Hayden: »Deinetwegen.«

»Meinetwegen«, wiederholte Ridge kaum hörbar.

Im Radio – oder war es Ridges Playlist? – lief gerade *You're special* von NF. Dummer Zufall und trotzdem verdammt passend.

»Ich hab dich verarscht, wie du selbst gesagt hast«, murmelte Ridge.

»Ich dich doch auch.«

Ridge setzte den Blinker und blieb vor dem Motel stehen. »Dann sind wir quitt?«

»Sind wir.« Hayden verspannte sich und nahm einen tiefen Atemzug, ehe er die Frage stellte, die ihm auf der Zunge brannte: »Kommst du noch mit hoch?«

Ein Keuchen kam aus Ridges Mund, während seine Finger sich fester um das Lenkrad legten. »Du kennst mich nicht, Hayden.«

»Nicht so gut, wie du mich, das ist wahr«, gab er trocken zurück und leckte sich die Lippen. »Kommst du mit hoch?«

*

Hinter Hayden betrat er das Zimmer. Er war scheißnervös. »Vielleicht solltest du mich ein paar Dinge fragen, bevor wir ... das vertiefen.«

Hayden warf die Schlüsselkette geräuschvoll auf die Kommode und drehte sich zu ihm um. »Was ist das an deinem Hals?«

Unwillkürlich strich er über die Punkte, deren Anblick im Spiegel er stets zu vermeiden versuchte. »Alte Narben«, brachte er rau hervor.

»Von einem Teletakthalsband?«

»Ja.«

»Das war aber nicht Slick, oder?«

»Nein.«

»Er hat dich gerettet, nicht wahr? Deshalb quatscht er von Freundschaft. Und das meinst du, wenn du sagst, dass er viel für dich getan hat.«

Ridge sah in strahlend blaue Augen, die hervorragend zu Haydens blonden Haaren passten und sein Herz zum Rasen brachten. »Richtig.«

»Wovor genau musste er dich retten?«

»Vor jemandem, der mich benutzt hat.«

»Tut Slick das nicht auch?«

Ridge schluckte hart. »Nicht auf diese Weise.«

»Du hast behauptet, das Tattoo hätte keine Bedeutung.« Hayden deutete auf den Wolf und die Worte darunter. *Never in chains again.*

»Es war eine Lüge.«

»Ich bin dir ziemlich leicht ins Netz gegangen. Wie hast du das gemacht?«

Darauf wusste Ridge keine Antwort. Er hob hilflos die Schultern.

»Unser Gespräch im Diner oben? Ist irgendwas davon wahr?«

»Alles davon! Warum hätte ich dich bezüglich meines Musikgeschmacks oder meiner Lieblingsfilme belügen sollen?«

Hayden tat ein paar Schritte in seine Richtung, allzu groß war das Zimmer ja nicht, und blieb vor ihm stehen. »Sag mir, ob das hier noch dazugehört.«

»Was meinst du?«

»Wusstest du, dass Slick mich zu sich holen wird?«

»Nein!« Das sollte doch deutlich geworden sein. »Er hat geschworen, dich in Ruhe zu lassen. Für gewöhnlich hält er seine Versprechen. Ich weiß nicht, was das sollte.«

Hayden musterte ihn voller Argwohn. »Warum bist du dann hier? So ein angenehmer Mensch bin ich nicht, als dass man sich freiwillig mit mir abgeben würde. Die Schattenseiten meines Charakters brauche ich nicht aufzuzählen. Hast du im Auto ja schon selbst gemacht. Du hast sicher genug Auswahl und bist nicht auf mich angewiesen, um jemanden ins Bett zu kriegen.«

Ridge bekam kaum die Zähne auseinander, als er sagte: »Ich will aber *dich*.«

Haydens harte Miene bröckelte und offenbarte etwas Weiches, Verletzliches. Gleich darauf packte er ihn mit beiden Händen an den Wangen und ihre Lippen trafen aufeinander.

Aufstöhnend umfasste Ridge eine schlanke Taille und drückte Hayden an sich. Er öffnete den Mund und benutzte seine Zunge, fühlte sich unter zarten Streicheleinheiten dahinschmelzen. Das sollte nicht passieren. Er streifte sich die Schuhe ab und drängte Hayden zum Bett, während er sich an dessen Hemdknöpfen abarbeitete, weil seine Hände so sehr zitterten. Nachdem es nicht ihr erstes Mal zusammen war, konnte er sich seine Aufregung nicht erklären und war angepisst davon.

Hayden hatte sie inzwischen von Jeans sowie Unterwäsche befreit und sank mit ihm auf das Bett, ließ sich in die Kissen schubsen und sah erwartungsvoll zu ihm auf. Ridge strich ihm über die Brust, fuhr mit den Fingerspitzen die Linien seiner fein definierten Muskeln nach und verharrte eine Weile an der Stelle, an der er Haydens Herz schlagen spürte – kraftvoll und schnell. Dann beugte er sich hinab, küsste geschwollene Lippen, die sich für seine Zunge teilten. Heißer Atem strömte ihm übers Kinn durch den Bart und ließ ihn wohlig erschaudern. Er drehte Hayden halb herum, sodass er sich hinter ihn legen und an seinen Rücken pressen konnte. Blind tastete er nach Kondom und Gleitgel. Keines von beidem befand sich jedoch an seinem Platz in der obersten Schublade des Nachttisches.

»Wo hast du den Scheiß?«, brummte er ungeduldig.

»Seitentasche«, kam geflüstert zurück.

Ridges Blick fiel auf die gepackte Tasche neben dem Stuhl. Er musste sich erheben, um das Zeug zu holen. Hayden hatte also schon gepackt. Sich mit dem Gedanken getragen, aus der Stadt zu verschwinden. Würde er dieses Vorhaben wahr machen? Nachdem sie hier fertig waren?

Trocken schluckend wandte er sich ab und legte sich zurück ins Bett.

Er nahm ein paar Kleckse von dem wärmenden Gel und berührte Haydens Männlichkeit. Ein leises Stöhnen in seinen Mund spornte ihn an. Er nahm Haydens Schaft in die Hand, bewegte die Faust auf und ab und genoss mit Zufriedenheit sowie wachsender Erregung, wie fordernd Hayden sich an ihn drückte. Aber er wollte auskosten, wie der Mann sich anfühlte, wie dessen Geilheit sich steigerte, wie er sich in seinen Armen wand und mit lasziven Bewegungen versuchte, ihn zu verführen ... Dabei war er das doch längst. Verführt.

Er drückte mehr Gel aus der Tube, umfasste erneut Haydens Schwanz, streichelte ihm die Hoden und drang mit einem Finger in ihn ein. Gott, wie heiß der Kerl keuchen konnte, wenn ihm was gefiel.

»Du machst mich so verflucht an«, raunte er an Haydens Lippen und sog den Duft seines Aftershaves ein.

»Beweis es und fick mich endlich, Mann«, kam atemlos zurück, was seine Beherrschung mit einem gezielten linken Haken zerschlug.

»Wie du willst, kleiner Bulle.«

Hayden küsste ihn ununterbrochen und machte es ihm schwer, das blöde Gummi aus der Verpackung zu bekommen. Schließlich schaffte er es und zog es über, bevor er sich ohne weiteres Zögern in feuchter, enger Hitze versenkte.

Mit einem lauten Stöhnen biss Hayden ihn in die Unterlippe und saugte mit dem nächsten Atemzug Ridges Zunge in seinen Mund, was ihn vor Lust erbeben ließ. Ihm war heiß und ihn verlangte nach Befriedigung, doch er zügelte sich, wollte es hinauszögern, denn er wusste, dass er hiernach gehen musste.

Überall, wo Hayden ihn anfasste, brannte seine Haut. Wann war Sex jemals so erfüllend und besonders gewesen?

Schlanke Finger griffen nach seinem Haar, zogen angenehm fest daran, sodass er den Kopf in den Nacken legte. Hayden schaffte es irgendwie, ihm den Hals zu küssen – er presste seine Lippen an die Narben, leckte mit der Zunge darüber und biss ihn sachte in die Kehle, was Ridge zum Explodieren brachte. Er rammte sich ein paar Mal in Haydens perfekten Arsch und holte ihm dabei hart und schnell einen runter, damit er gar nicht auf den Gedanken kam, dass das hier wehtun könnte.

Kam er auch nicht. Stattdessen klammerte er sich an ihn und spritzte ihm mit einem heiseren Schrei in die Hand, während Ridge kurz schwarz vor Augen wurde, als sein Höhepunkt in wilden Wellen durch seinen Körper strömte.

Schwer atmend lagen sie beieinander und keiner von ihnen rührte sich. Ridge fielen gelegentlich die Augen zu und er rieb sich mit einem wohligen Grummeln an Hayden, barg das Gesicht an dessen Nacken, roch an dem weichen Haar. Er hatte die letzten Nächte kaum geschlafen. Der Gedanke an Hayden hatte ihn wachgehalten. Er hatte den Mann vermisst, obwohl er wusste, wie irre das klang. Sie hatten sich gegenseitig verarscht, was nicht gerade die beste Grundlage war. Trotzdem war da etwas, dem er sich nicht entziehen konnte und nicht entziehen wollte. Vertrauen war wichtig, doch man musste jemandem nicht trauen, um ihn mögen zu können. Zumindest war das offenbar nicht nötig, wenn es um Hayden ging. Dieser spielte gerade mit den langen Strähnen, die seine Schulter bedeckten. Ridge küsste ihm den Nacken, schmeckte frischen, sauberen Schweiß und leckte ihn sich von den Lippen.

Unvermittelt klingelte sein Handy, dieses verfickte Teil, und ließ ihn eilig in die Höhe kommen. Noch während er nach dem Telefon griff, zog er sich das Kondom vom Schwanz und warf es in den Papierkübel. »Ja?!«, fuhr er Mickey an, der sich keinen beschisseneren Zeitpunkt hätte aussuchen können.

»Der Boss verlangt nach dir.«

»Ich bin unterwegs.« Ohne auf eine Antwort zu warten legte er auf und musste dem Drang widerstehen, das Handy aus dem geschlossenen Fenster zu schleudern. Er räusperte sich und hielt Hayden den Rücken zugewandt, während er mit unterdrückter Wut in seine Jeans stieg.

»Slick?«, fragte Hayden mit belegter Stimme, die merkwürdig kraftlos wirkte. Nicht müde oder erschöpft von ihrem Zusammensein, sondern resigniert.

»Ja.«

»Was sind das für Narben auf deinem Rücken?«

»Peitschenschläge. Antiquiert, aber wirkungsvoll, wenn man eine Bestie unter Kontrolle halten will.« Für einen Moment kehrte Stille ein und er konnte das ihm verhasste Mitleid förmlich spüren.

»Hast du auch einen Tipp, wie man dich ohne Gewalt unter Kontrolle bekommt?«

»Ich bin kein Welpe, den du dressieren kannst!«

»So war es nicht gemeint und das weißt du«, kam schwach zurück.

Wortlos schlüpfte Ridge in Jacke und Schuhe. In seinem Magen brodelte etwas.

»Ridge.«

»Ich will jetzt nicht darüber reden. Ich muss ...« Er wischte sich übers Gesicht. »Ich hab einen Auftrag zu erledigen.« Bevor Hayden ein weiteres Wort sagen konnte, war er draußen am Gang und ließ die Tür hinter sich ins Schloss fallen.

Ihm war, als ginge auch in seinem Inneren eine Tür zu. Das war gut so, denn hinter ihr lagen all die Gefühle, die er nicht an die Oberfläche lassen wollte.

5

»Er redet nicht. Ich würde auch nichts mehr von ihm hören wollen. Es muss heute Nacht passieren. Du weißt, was du zu tun hast.«

Ridge fuhr aus der Stadt, immer darauf bedacht, das Tempolimit nicht zu überschreiten. Alle Lichter am Auto waren kontrolliert, um das Risiko zu minimieren, in eine Straßenkontrolle zu geraten.

Seit er losgefahren war, hatte er sich schon zwei Mal in seine Kotztüte übergeben. Der Geruch in der Karre war abartig, doch wenn er das Fenster aufmachte, blies der Wind den Regen herein. Seine Hände umklammerten das Lenkrad so fest, dass nicht mal die Tätowierungen seine weiß gewordenen Knöchel verbergen konnten.

Wenn er jetzt nicht damit aufhörte, würde es dann ewig so weitergehen?

Würde er dann alle Zeit das bleiben, was er war – eine Bestie?

Im Radio spielten sie schon wieder *Shallow* und er musste ein drittes Mal eine Papiertüte zur Hand nehmen, um seinen Mageninhalt loszuwerden.

Er konnte Slick nicht den Rücken kehren. Der Mann hatte ihn befreit. Slick war sein Freund – der erste und einzige, den er in seinem Leben gehabt hatte.

Wo sollte er denn hin? Niemand würde ihn einstellen, er hatte keine Berufserfahrung – zumindest nicht auf dem Papier und in keiner legalen Tätigkeit. Er hatte rein gar nichts. Slick hatte ihm die Ketten abgenommen und ihm ein Heim geboten.

Er setzte den Blinker und bog rechts ab, fuhr in den Wald hinein, wo die Straße schmäler und holpriger wurde und schließlich zu einem schwer befahrbaren Weg verkam, den selten ein Wagen nutzte.

Die Minuten verstrichen irrsinnig zäh. Als er sein Ziel endlich erreichte, atmete er erleichtert auf und stellte den Motor ab. Mit einem Brennen in der Kehle starrte er die Hütte an, unter der sich ein Bunker befand, der keine Geräusche nach draußen ließ. Er wollte schreien und schlug stattdessen seine Fäuste gegen das Lenkrad, bis ihm die Hände wehtaten. Ein wölfisches Knurren entrang sich ihm und er beeilte sich, aus dem Wagen zu steigen, bevor seine Entschlossenheit weiter ins Wanken geriet. Er musste die Scheiße durchziehen. Slick wollte es so.

Harte Tropfen prasselten ihm ins Gesicht und schmerzten auf seiner Haut wie Hagelkörner. Er blinzelte, schob sich die Glock vorne in den Hosenbund, wie er es immer tat, und knallte die Wagentür in den Rahmen. Das Geräusch hallte für gewöhnlich durch den halben Wald, doch der Regen verschluckte jeden Ton außer dem, den er selbst verursachte.

Sein Herz pochte gegen seine Rippen und das Adrenalin ließ seinen Blick zeitweise verschwimmen oder ihn ein schwarzes Flimmern sehen. Das Nass aus den Wolken hoch über den Baumwipfeln trug sein Übriges dazu bei. Er fühlte sich, als würde er ertrinken. Zwischen seinen Schläfen dröhnte es, als würde man seinen Schädel mit einer Bohrmaschine bearbeiten.

Seine Schritte führten ihn zum Heck des Wagens. Der Regen hatte den Untergrund rutschig und schlammig gemacht. Er öffnete den Kofferraum und starrte auf einen gefesselten, geknebelten Krulic hinab, der aus geweiteten Augen zurückstarrte. Die Todesangst darin war Ridge vertraut – sie begegnete ihm nicht zum ersten Mal in jemandes Blick.

*

Hayden warf das Handtuch, mit dem er sich gerade das Haar trockengerubbelt hatte, aufs Bett und nahm Ridges Anruf entgegen, obwohl er sauer auf ihn war. »Ja?«
»Hayden.«

»Was ist los?«, fragte er, von Ridges seltsamem Tonfall alarmiert.

»Ich brauche deine Hilfe. Würdest du ... was für mich tun?«

Hayden spürte sein Nicken. »Ja«, antwortete er leise.

»Könntest du herkommen? Es ist kompliziert.«

»Sag mir, wohin.«

*

Mit einem flauen Bauchgefühl parkte er die Rostlaube, die er Krulic hatte abkaufen dürfen, um ohne Papiere und Kaufvertrag an etwas Fahrbares zu kommen, neben dem schwarzen Ford, in dem Ridge ihn wenige Stunden zuvor nach Hause gebracht hatte. Wie vereinbart stieg er aus dem Auto und umrundete die Holzhütte. Dahinter führte – von Efeu fast vollständig verborgen – eine Treppe nach unten.

Schon nach wenigen Schritten unter freiem Himmel war er völlig durchnässt. Die Dusche hätte er sich sparen können.

Über ihm prasselte der Regen gegen das Blechdach. Er nahm die Stufen nach unten, wobei sein Puls stetig schneller raste. War er dabei, in einen Hinterhalt zu tappen? Was könnte Ridge schon von ihm brauchen, was ihm Slick nicht in vielfachem Maße geben konnte?

Die schwere Tür, auf die man abschreckende Warnhinweise geklebt hatte, stand wie versprochen einen

Spalt offen. Langsam drückte er sie auf und schloss sie hinter sich, wie Ridge ihn angewiesen hatte. War das eine gute Idee? Sich den Fluchtweg zu versperren? Das Ding war nur mit Schlüssel zu öffnen, wie er sah. Mit einem trockenen Schlucken drückte er sie dennoch lautlos zu. Das war mehr Vertrauen, als Ridge nach allem verdiente.

Er ging den Gang entlang, steuerte den Raum an, in dem Licht brannte und ein orangefarbenes Flackern samt schwarzen Schatten an die Wand zauberte.

»Ich will nicht sterben, bitte«, murmelte jemand heiser und schien mit den Tränen zu kämpfen. Meine Güte, war das Krulic?!

»Ich arbeite daran, verdammter Scheißkerl«, knurrte Ridge gedämpft.

Gleich darauf stand Hayden in dem düsteren Verlies. Krulic war an einen Stuhl gefesselt und saß mit dem Rücken zu ihm, während Ridge vor dem Gefangenen auf und ab ging – eine Pistole in der Hand, das Gesicht blass, der Kiefer angespannt. Hayden roch den herben Duft von Aggression und mühsamer Selbstbeherrschung, der von Ridge ausging, und wich unwillkürlich zurück.

In jenem Augenblick wurde Ridge auf ihn aufmerksam. »Hayden«, würgte er rau hervor und tat einen Schritt auf ihn zu.

Hayden stieß mit dem Rücken gegen die Wand, weil er instinktiv den Abstand zwischen ihnen vergrößern wollte. Ridges Blick war so dunkel wie das Weltall, seine Pupillen schienen vergrößert und er wirkte nicht mehr wie der Mann, mit dem Hayden zusammengewesen war.

Krulic schluchzte auf, wollte sich zu ihm umdrehen. »Everard, bitte.«

»Du bist Slicks *Hitman*?«, fragte Hayden mit einem Kratzen im Hals und bemerkte zu spät, wie sehr seine Stimme zitterte – vor Unglaube, vor Furcht.

»Ich war nie etwas anderes«, flüsterte Ridge. Er wandte sich ab und seine breiten Schultern verspannten sich weiter. »Bitte sieh mich nicht so an.«

»Wie seh ich dich denn an?«

»Ängstlich. Enttäuscht. Und ich weiß nicht, was davon schlimmer ist.«

Hayden biss die Zähne zusammen. »Warum hast du mich hergeholt? Soll ich dabei zusehen, wie du Krulic die Fangzähne in die Kehle schlägst?!«

»Nein! Ich ... ich will das nicht! Ich will ihn ja verschonen, aber ich weiß nicht, wie!«, fuhr Ridge ihn an und gestikulierte mit der Glock.

»Bitte nimm die Scheißwaffe runter«, murmelte Hayden schwer atmend.

Mit einem Knurren schleuderte Ridge die Pistole in eine dunkle Ecke des Raums. Krulic zuckte zusammen und weinte vor sich hin. Er schien in seiner Muttersprache zu beten – oder sie zu verfluchen.

»Halt endlich das Maul!«, brüllte Ridge in Richtung des entthronten Bandenführers, der in seiner eigenen

Pisse hockte. Dann sah er Hayden an. »Sag mir, was ich tun soll. Ich will ihn nicht umbringen, kann ihn aber nicht laufen lassen, weil er sich rächen würde! Und ich kann ihn nicht der Polizei übergeben, weil Slick es dann rausfindet. Und wenn er das tut, dann ...« Der Satz endete in einem Kopfschütteln. Es war nicht nötig, ihn zu Ende zu sprechen. Haydens Fantasie zeigte ihm ein paar höchst beunruhigende Dinge, die nach dem *dann* kommen könnten.

Mühsam zügelte er die Bilder in seinem Kopf sowie seinen rasenden Herzschlag und kurbelte stattdessen seinen Verstand an. »Lass mich kurz nachdenken.« Er zimmerte in Gedanken einen Plan zurecht, der dem slawischen Wichser den Arsch retten könnte. »Ich muss telefonieren. Gib mir die Schlüssel.«

Ohne zu zögern griff Ridge in seine Gesäßtasche und reichte ihm, was er verlangte. Müsste er nicht misstrauisch sein? Sich fragen, wozu Hayden zum Telefonieren nach oben gehen musste? Befürchten, dass er ihn mit Krulic einschloss, um sie hier verrotten zu lassen? Warum nahm Ridge überhaupt an, ihm läge etwas daran, dass Krulic nicht ins Gras biss? Der Dreckskerl hatte ihn immerhin in Lebensgefahr gebracht. Dennoch wollte Hayden natürlich nicht, dass man ihn umbrachte. Aber warum setzte Ridge so viel Vertrauen in ihn? Das war doch idiotisch, nach allem, was sie einander schon in die Fresse gelogen hatten ... »Warum rufst du ausgerechnet mich an?«

»Es gibt sonst niemanden, den ich hätte anrufen können.«

»Ja, aber warum ... warum glaubst du, dass ich so handle, wie du es dir erhoffst?«

»Weil du ein ehrenhafter Mann bist.«

Hayden vergaß für einige Herzschläge, zu atmen. Ein ehrenhafter Mann? Ausgerechnet er? Schlagartig begriff er, dass die Neckerei von wegen *korrekter, kleiner Bulle* keine Verarsche gewesen war, sondern Ridges Vorstellung von ihm. Wunschdenken, denn er war weder korrekt noch ehrenhaft und war es auch nie gewesen.

Ein Schauer kroch ihm über den Rücken und brachte ihm Gänsehaut ein. »Ich bin gleich zurück«, murmelte er und trat den Rückweg an.

Draußen sog er nasse, würzige Waldluft in seine Lungen und blickte zu dem Vordach auf, gegen welches der Regen unaufhörlich prasselte.

Er raufte sich das Haar und stieß einen dunklen Schrei aus, um mit all der Scheiße fertigzuwerden.

*

Es war vorbei. Ridge wusste es. Es war schon vorbei gewesen, als er Haydens Nummer gewählt hatte. Bewusst geworden war es ihm mit einem Blick in Haydens Gesicht. In dessen Zügen hatten sich seine Gefühle deutlich wiedergespiegelt – Abscheu, Angst, Ablehnung. Genau das, was er befürchtet hatte. Das, was ihm zustand. Das, was er gehofft hatte, nie in Haydens Miene zu sehen.

Es war der Preis, den er für Krulics Leben zahlte. War der Mann das wert? War dessen Leben Haydens Zuneigung wert?

»Bitte«, flüsterte Krulic mühsam und leckte sich die Lippen. »Wasser.«

Ridge zog eine Flasche aus dem Schrank hinter der Tür und öffnete den Verschluss, um sie Krulic an die aufgeplatzten Lippen zu setzen. Hart schluckend leerte der Kerl die halbe Flasche, bevor er schwach nickte.

»Danke«, murmelte er und ließ die Zunge im Mund umhergleiten. Mickey hatte ihm ein paar Zähne ausgeschlagen, um ihn gefügig zu machen. Oder aus Freude. Krulic war übel zugerichtet. Eine Platzwunde prangte über der linken Augenbraue, getrocknetes Blut klebte an seiner Haut und in seinem Bart. Sein Haar war wirr und seine Nase eindeutig gebrochen. »Was wird jetzt aus mir?«

»Das liegt an Hayden.«

»Ich habe Everard übel mitgespielt. Kann mir nicht vorstellen, dass er mich retten wird. *Kdor drugemu jamo koplje, sam vanjo pade.*«

»Was bedeutet das?«

»Wer anderen eine Grube gräbt, fällt selbst hinein.«

Ridge schüttelte den Kopf. »Auge um Auge, Zahn um Zahn. So ist er nicht.«

»Du kennst ihn doch selbst kaum«, protestierte der Slowene kraftlos.

»Besser als du denkst.«

»Du bist in ihn verliebt.« Krulic verzog missbilligend das Gesicht. »Siehst nur das, was du in ihm sehen willst. Dein Wort kann mich nicht beruhigen.«

»Dann beruhigst du dich eben nicht, aber dein Leben hängt von ihm ab. Ich hoffe, das ist dir klar.«

»Ich bin kein Dummkopf.«

»Darüber lässt sich streiten.«

»*Ich* habe mich nicht in den Feind verliebt, Wachhund. Wenn du mich als Idioten bezeichnen willst, musst du erst vor deiner eigenen Tür kehren.«

In dem Moment drehte sich der Schlüssel im Schloss und gleich darauf stand Hayden vor ihm. »Pack ihn ins Auto. Du wirst an der Grenze jemanden treffen. Gib das ins Navi ein.« Er reichte ihm ein Stück Papier. »Jemand wird kommen und ihn holen.«

»Wer?«

»Russen.«

»Russen«, wiederholte Krulic weinerlich und schniefte an seinem Rotz.

»Erwähne meinen Namen nicht. Wir sind das letzte Mal nicht im Guten auseinandergegangen, wie du weißt. Ich habe mit Stimmverzerrer angerufen und gesagt, ich hätte ein Geschenk für sie, das wir loswerden müssen. Sie werden ihn als Arbeitskraft oder sonstwas verwenden. Vielleicht sehen sie irgendeinen Nutzen in dem Scheißkerl.«

Krulic schluchzte wie ein wütendes, ängstliches Kind. Ridge ermahnte ihn nicht zur Ruhe, denn er konnte sich sehr gut vorstellen, wie der Mann sich fühlte. Er musste es wissen, hatte er doch fast sein ganzes Leben in Gefangenschaft verbracht.

»Komm.« Behutsam zog er den übergewichtigen Kerl am Oberarm in die Höhe.

Schweigend gingen sie nach draußen. Hayden schloss die Tür hinter ihnen.

Ridge verfrachtete Krulic in den Wagen. Diesmal auf den Beifahrersitz. Dann wandte er sich Hayden zu, der sein Handy in zwei Teile brach und ins Gebüsch warf. »Danke für deine Hilfe«, brachte er heiser hervor.

Hayden nickte bloß.

»Dann werden wir uns nicht wiedersehen?«, fragte Ridge, obwohl er die Antwort bereits zu kennen glaubte.

»Nein«, kam geflüstert zurück.

Die Härchen an seinen Armen stellten sich auf und ihm wurde eiskalt. Sein Herz tat noch einen zögerlichen Schlag, dann spürte er es nicht mehr. Als hätte man es ihm aus der Brust gerissen.

Hayden stieg in seinen Wagen und warf ihm noch einen undeutbaren Blick zu, bevor er den Rückwärtsgang einlegte und den Hang hinabkroch.

Bald verschwand er zwischen den Bäumen. Ridge blieb allein zurück.

6

Er hatte aus der Stadt verschwinden wollen. Doch drei Tage nach Krulics Rettung war er immer noch hier. Damit nicht genug: Gerade bog er in die Straße ein, in der Ridge wohnte. Er musste mit ihm reden. Er musste ihn sehen.

Warum konnte er ihn nicht aus seinem Kopf bekommen? Den Auftragsmörder!

Darauf fand er keine Antwort, so sehr er auch danach grub. Er konnte ihn schlichtweg nicht vergessen.

Er parkte nicht direkt vor dem Bungalow, wohl auch ein Geschenk von Slick, denn er wollte keine Aufmerksamkeit erregen. Stattdessen wählte er eine Parkbucht ein paar Straßen weiter, ließ den Motor ausgehen und drehte die Scheinwerfer ab. Doch er stieg nicht sofort aus, denn er fand nicht den Mut dazu. Ridge war ein verdammter Hitman! Das war die Erkenntnis, die er Tag und Nacht in seinem Schädel hin und her wälzte, um seinen Verstand darumwickeln zu können. Doch es gelang ihm nicht. Ridge sollte ein kaltblütiger Mörder sein? Jemand, der es zu seiner Berufung gemacht hatte, Menschen zu töten? Das passte nicht zusammen. Er musste erfahren, was dahintersteckte. Wie es dazu gekommen war. Erst dann konnte er eine Entscheidung treffen.

Mit zitternden Beinen stieg er aus dem Auto. Er wäre fast über den Bordstein gestolpert, konnte sich gerade noch fangen, und ging langsam den Gehweg entlang. Die Situation erinnerte ihn an jenen Abend, an dem er Ridge zu sich eingeladen hatte.

Aus den Wohnungen in den untersten Stockwerken der Häuser drangen die bewegten Lichter der Fernseher durch die Vorhänge. Es war Mitternacht. Früher hatte er es nicht aus dem Motelbett geschafft.

Die Nummer 35 prangte in schwarzem Schmiedeeisen über der Tür des Bungalows. Ein kleines Ding inmitten von gleichaussehenden Häuschen. Ein winziger Vorgarten, der nicht ungepflegt, aber schmucklos war. Die Ducati stand hinter dem schwarzen Ford am Straßenrand, der als Parkplatz markiert war. Hier war er richtig. Oder völlig falsch – wie man es sehen wollte.

Hinter einem der Fenster brannte Licht. Ridge war also wach. Perfekt. Wenn Hayden denn die Courage aufbrächte, mit ihm zu reden. Er würde am liebsten davonlaufen. Aber vielleicht war nun der Zeitpunkt gekommen, um mit dem Wegrennen aufzuhören. Wie in Trance bewegte er sich auf die Tür zu.

Kaum hatte er die oberste Treppenstufe erreicht, vernahm er einen dumpfen Aufprall von drinnen sowie mehrere gedämpfte, aufgeregte Stimmen.

Der Drang umzukehren wurde stärker, aber er widerstand und wusste nicht mal, mit welcher Kraft und aus welchem Grund.

Mit bebender Faust klopfte er an die Tür. »Ridge?«

Sie sprang auf, denn sie war offenbar nicht richtig geschlossen gewesen.

Er bekam Herzrasen und griff sich an die Hüfte, doch dort befand sich kein Holster mehr – er war nicht länger Polizist.

Die nervösen Stimmen ergaben ein Wirrwarr, aus dem er »Schnell raus hier, da kommt einer!« heraushörte. Gleich darauf hallten Schritte durch den Bungalow und die Hintertür schnalzte samt einem Fliegengitter auf.

Hayden wollte den fliehenden Verbrechern hinterher, stolperte jedoch über etwas am Boden. Mit beiden Händen federte er den Sturz ab. Ein schmerzerfülltes Stöhnen ließ ihn schwer atmend über die Schulter blicken.

Ridge lag neben dem Fernsehsessel in einer Blutlache und hielt sich ächzend die Seite. Seine Hand war blutverschmiert, weiteres von dem dunklen Rot quoll zwischen seinen Fingern hervor. Die Partie um sein rechtes Auge war geschwollen und würde sich blaugrün verfärben. Er hustete und keuchte.

Hayden kroch auf den Knien zu ihm. »Ridge.« Nur ein Flüstern entrang sich seiner Kehle, während er die Wunde ertastete, die Ridge zuzuhalten versuchte. Es war ein Messerstich. »Verbandszeug«, würgte er hervor. »Ich brauche Verbandszeug.«

Ridge blinzelte ihn müde und kraftlos an. »Küche.«

Eilig kam er in die Höhe, rutschte in der Blutlache aus und biss die Zähne zusammen, um nicht den Tränen nachgeben zu müssen.

Unter fortwährendem Gefluche, um den Ernst der Lage von sich fernzuhalten, riss er alle Schubladen und Kästen auf, bis er fand, was er brauchte.

»Wehe du stirbst mir jetzt hier weg, du blödes Arschloch!« Er umrundete die Theke und hörte kurz auf zu atmen.

Ridge hatte sich verwandelt. Ein schwarzes Ungetüm von Wolf in Menschenklamotten lag vor ihm.

Mit zitternden Fingern wischte Hayden sich über die Lippen. Er warf sich auf die Knie, suchte nach der Wunde und gab sich alle Mühe, einen ordentlichen Druckverband anzulegen. Das würde nicht reichen. Der Mann gehörte ärztlich versorgt. Aber wohin sollte er ihn bringen? Im Krankenhaus behandelten sie keine Wölfe. Und zu einem Tierarzt konnte er nicht, denn was wäre, wenn Ridge sich auf dessen Behandlungstisch zurückverwandelte? Außerdem waren die meisten Tierärzte verdammte Stümper! Wohin also?

Es gab nur eine einzige Möglichkeit. Eine, die ihn um Kopf und Kragen bringen würde. Aber darauf war jetzt keine Rücksicht zu nehmen. Immerhin hing Ridges

Leben davon ab. »Was tu ich nicht alles für dich, du Scheißkerl.«

Er befreite Ridge von seiner Kleidung und wickelte ihn in eine Decke, die über dem Sofa gelegen hatte. »Gott, bist du schwer«, knurrte er, während er sich den Wolf auf die Schultern hievte.

*

Wie ein Irrer jagte er Ridges Wagen den Hang hinauf. Hohe Bäume umstellten ihn und schienen auf ihn hinabzublicken, wie die Wächter einer alten Burg.

Der flüchtige Delinquent war zurückgekehrt.

Er hatte sich seine Zukunft anders vorgestellt. Hatte davon taggeträumt, mit Ridge abzuhauen und alles hinter sich zu lassen.

»Daraus wird wohl nichts, verdammter Idiot«, schimpfte er und wischte über sein nasses Gesicht. Er war eine wandelnde Peinlichkeit, ein Abklatsch von einem richtigen Kerl, wie seine Mutter gesagt hätte. Die dumme Kuh hatte recht, aber ihm war gerade alles scheißegal. Alles, außer Ridge.

Er bretterte über den nassen Waldboden, der Ford geriet kurz ins Schlingern.

»Gleich bekommst du Hilfe. Bitte halt durch, Mann. Ich will nicht umsonst in den Knast gehen.« Er wollte noch etwas hinzufügen, aber jetzt war ein schlechter Zeitpunkt, um über Gefühle zu reden.

Erst kurz nach dem Parkplatz blieb er mit quietschenden Reifen stehen, würgte den Motor ab, ließ jedoch das Licht brennen. Er warf einen letzten Blick über die Schulter zu Ridge und sein Magen verkrampfte sich, während seine Unterlippe zitterte. Mit rasendem Herzen begab er sich in den kühlen Regen, der ihn schon nach wenigen Sekunden durchtränkt hatte. Zumindest wusch er ihm die Tränen von den Wangen und tarnte die neuen.

»Pollock! Nick!«, brüllte er brüchig durch die Nacht. »Ich brauche Hilfe!«

In Kellans und Archies Haus brannte Licht, einige Gestalten erschienen auf der Veranda. Darunter erkannte er Frank und dessen Anhang Leary.

Die Feindseligkeit, mit der ihn alle ansahen, durchlöcherte ihn wie abgefeuerte Kugeln. Die ganze Welt hasste ihn. Mit Recht. Aber hier ging es nicht um ihn!

»Ich brauche Lorraine Pollock! Bitte!«

Frank war derjenige, der sich in Bewegung setzte.

Irgendwo schwang eine Tür auf. »Everard, nimm deine Scheißhände dahin, wo ich sie sehen kann!« Es war James mit seiner Dienstwaffe in den Händen.

Lorraine kam nach ihm aus dem Haus.

Hayden streckte die Hände in die Höhe, legte sie hinter den Kopf und sank auf die Knie. Er hatte genug Verbrecher abgeführt, um zu wissen, wie das lief. »In meinem Wagen, Mrs. Pollock! Bitte! Er braucht Hilfe!«

Zu seiner grenzenlosen Erleichterung lief sie ohne zu zögern und ohne auf den Einwand ihres Ehemannes zu hören auf den Ford zu.

»Hayden, was ...« Frank starrte ungläubig und unschlüssig zu ihm hinab.

»Es tut mir leid, Frank. Ehrlich. Ich weiß jetzt, wie du d-«

»Everard!« Don Leary war nicht angetan. Der Junge konnte einen ganz schönen Befehlston an den Tag legen, wenn er es darauf anlegte. Heldenhaft stellte er sich zwischen ihn und Frank. »Kein Scheißwort mehr von dir! Ich hab dich laufen lassen, damit Frank dich nie wieder sehen muss! Was tust du hier?!«

»Er braucht Hilfe«, flüsterte Hayden schwach, weil ihm die Kraft ausging.

Plötzlich stand Pollock vor ihm und warf Frank ein Paar Handschellen zu. »Leg sie ihm an.«

»Ist das wirklich nötig?«

»Ich mach's«, knurrte Don und wollte nach den Eisen greifen.

Zu ihrer aller Verwunderung hielt Frank ihn zurück. »Lass den Unsinn.«

Don wurde sichtlich rot und gab sofort klein bei. Verlegen fuhr er sich mit der beringten Rechten durch das dunkle, geschniegelte Haar und rückte seine Brille zurecht. »Dann halt nicht.«

»Hilft mir hier mal jemand?!«, kam vorwurfsvoll von Lorraine.

Foreman und Kellan eilten an ihre Seite. Archie beobachtete das Geschehen aus sicherer Entfernung, ganz der erhabene Clansführer, der er war.

»Ein Wolf?!«, entfuhr es Foreman, dem alten Schwarzen mit den wilden Locken.

James ließ sich davon kurz aus der Ruhe bringen, fing sich aber gleich wieder. »Everard, du bist verhaftet.«

»Das hatte ich erwartet.« Hayden sah zu, wie sie Ridge durch den Regen in Pollocks Haus trugen.

»In den Wagen.«

Hayden gehorchte und ließ sich zu James' Auto geleiten. Frank hielt ihm die Tür auf und schloss sie hinter ihm. Draußen kam es zu einer kurzen Diskussion, auf die er sich nicht konzentrieren konnte. Stattdessen starrte er zu jenem Haus hinüber, in dem Ridge sich befand, um verarztet zu werden.

Schließlich stiegen James und Frank vorne ein und Don ließ sich neben ihm auf den Rücksitz fallen. Pollock ließ den Motor an und fluchte leise.

»Wer ist der Typ?«, fragte Don, als sie langsam den Hang hinunterglitten.

»Mein Freund.« Wie hatte er das denn jetzt gemeint?

»Was ist mit ihm passiert?«

»Jemand hat ihn überfallen und mit einem Messer auf ihn eingestochen.« Ein Schwall salziger Perlen tropfte über seine Wangen und er wandte sich ab, um sie grob fortzuwischen. Leary sagte nichts mehr.

Ob Ridge wieder gesund wurde? Würde er die Nacht überleben? War die Wunde tief? Hatte des Messers Schneide etwas Empfindliches in ihm verletzt?

»Ist es wirklich nötig, dass wir ihn dem Chief übergeben?«

»Frank!«, konterte James fast entsetzt. »Ist das dein Ernst? Er hat ausgemusterte Militärwaffen an die Russen verscherbelt!«

»Er hat mir allerdings auch das Leben gerettet.«

»Nachdem er es in Gefahr gebracht hat!«

»Ich finde es trotzdem nicht richtig, ihn auszuliefern.«

»Du bist ein Cop! Du *hast* es richtig zu finden, verdammt noch mal!«

Hayden beobachtete die Tropfen, die der Wind von der Seitenscheibe fegte.

Wer hatte Ridge überfallen? Slicks Leute? Hatte Slick mitbekommen, dass sie Krulic hatten laufen lassen? Wollte er sich rächen? Aber hätte er das nicht geschickter angestellt? Die unbeholfene Vorgehensweise sah Slick eigentlich nicht besonders ähnlich. Aber wer war es dann gewesen? Krulics Männer? War der Trottel den Russen entkommen und hatte wieder mal Scheiße gebaut? War dieser Angriff der Dank für Ridges Gnade gewesen?

Seine Hände ballten sich zu Fäusten.

Die Bäume lichteten sich. Hayden erkannte ein Stück Asphalt, dort wo der Weg zum Dorf hinauf in die Bundesstraße mündete.

»Ich hab eine Frage«, meinte Don plötzlich.

»Hm?«

»Eigentlich ziemlich viele Fragen, aber diese Eine beschäftigt mich seit unserer letzten Begegnung.«

Hayden musste schmunzeln. »Was willst du mich da noch fragen? Du hast es doch gesehen. Ich hatte mich schlecht unter Kontrolle.« Wie immer eigentlich.

»Was hat er gesehen?«, fragte James. »Was hast du gesehen, Don?«

Er hatte sich so lange versteckt gehalten, sich vor allen verborgen. Nick hatte sogar mit ihm geschlafen und es nicht gerochen, nicht gespürt, nicht den geringsten Verdacht geschöpft. Aber jetzt war ohnehin alles egal. Hayden nahm seine wölfische Gestalt an.

»Ich hatte recht«, murmelte Don.

Durch den Innenspiegel fixierten ihn zwei grüne Augen mit stechendem Blick. Einen Lidschlag später wurde er fast in die Waagrechte katapultiert, weil James das Lenkrad herumriss und eine Drehung um 180° vollführte, die sie direkt wieder auf den Weg zurück in den Weiler brachte.

Dons erschrockener Schrei hallte in seinen Ohren: »Fuuuck!«

*

Wärme schlug ihm entgegen und war aufgrund der triefenden Nässe seiner Klamotten unangenehm, während sie ihm fast ein Gähnen abgenötigt hätte.

»Das nächste Mal fährt Frank. Du hast mir einen Scheißschrecken eingejagt«, motzte Don. »Frank kann sowas. Du nicht. Fast hätten wir die Bäume geküsst.«

Hayden senkte den Blick. James hatte ihn hinten an der Jacke gepackt und vom Auto zu Archies Haus geführt. Jetzt stieß er ihn in die Küche. »Setz dich.«

»Was soll das?«, fragte Archie mit beherrschter Miene und stellte die Tasse beiseite, aus der es dampfte. Kaffee? Zu so später Stunde? Vielleicht Tee.

Hayden nahm Platz. Langsam verließen ihn seine Kräfte. Er schien keine Reserven mehr übrig zu haben.

James knurrte hinter ihm: »Er ist ein Wolf.«

»War für 'ne Scheiße«, murmelte Kellan, der sich hinter Archie gegen die Theke lehnte, und fuhr sich durch das wilde Haar.

»Jetzt ist er *unser* Problem! Wir können ihn nicht in den Knast gehen lassen und riskieren, dass sein Geheimnis, *unser* Geheimnis, aufgedeckt wird. Die Regierung, die Öffentlichkeit, alle würden davon erfahren«, erklärte James und steigerte sich mit jedem Wort mehr hinein. »Nicht auszudenken, was dann passieren würde! Wer weiß, was denen da oben einfällt, wie sie uns benutzen können!«

»Ja, James.« Archie nickte abwehrend. Gewiss waren ihm die Konsequenzen bewusst. Obwohl er kein Wolf war, war er hier das Oberhaupt. Der Weiler lag auf seinem Grund und Boden. Und er war klug. »Was hast du dazu zu sagen?« Er sah Hayden an.

»Ich habe mich im Griff und nicht vor, mich absichtlich zu zeigen. Niemand von euch hat je Verdacht geschöpft, oder?«

»In Freiheit hast du allerdings Rückzugsorte. Im Gefängnis bist du nie allein«, gab Frank zu bedenken. Es wirkte, als würde er ihm den Rücken decken wollen. Nach allem, was passiert war? »Du redest, als wärst du ganz heiß darauf, in den Knast zu wandern.«

Hayden zuckte mit den Schultern. »Vielleicht bin ich das.«

»Warum?« Frank verzog das Gesicht und schüttelte den Kopf.

»Ist doch klar. Er will wieder vor irgendwas davonrennen«, warf Don altklug ein.

Archies Tochter Kitty erschien im Türrahmen. Sie war in Alltagskleidung, ihre rote Mähne ordentlich gekämmt, der Blick wach und scharf.

Kellan fixierte Hayden. »Aus welchem Grund hast du diesen Mann zu uns gebracht?«

Als ob sich das nicht von selbst erklärte. »Ich wusste nicht, wohin sonst.«

»Was machen wir jetzt mit ihm, Archie?«, fragte James, hörbar unter Strom.

»Ehrlich gesagt habe ich keinen Kopf mehr, um das heute noch zu entscheiden. Darüber hinaus kann ich das nicht alleine tun. Wir werden eine Sitzung einberufen, gleich morgen früh. Für den Rest der Nacht wirst du ihn in eurem Haus verwahren. Nick und Santiago sollen die Türen bewachen.«

»Wie du meinst.« James wirkte nicht zufrieden. Hatte er auf eine sofortige Hinrichtung gehofft? »Komm hoch.«

Hayden ließ sich wie ein Schwerverbrecher abführen. In seinem Rücken brandeten ein paar Flüche aus verschiedenen Mündern gegen die Klippen seines Verstandes. Und er hörte Don leise fragen: »Können wir nach Hause fahren, Frank? Ich bin für heute fertig mit der Welt.«

Wusste der Junge überhaupt, was das bedeutete? Vermutlich nicht.

*

Das Letzte, an das er sich erinnern konnte, war Haydens Gesicht. Blaue Augen in einer verwirrten, sorgenvollen Miene unter einer Stirn, die eigentlich immer in zarten Falten lag. So als wäre Hayden sich nicht sicher, was er von dieser Welt halten sollte. Eine perfekte, gerade Nase. Blondes, zerzaustes Haar. Bebende, volle Lippen. Ein glatt rasiertes Kinn mit Grübchen.

Er war noch nicht wieder ganz bei sich, doch genug, um zu spüren, dass jemand seine Wunden versorgte.

Sein Körper schmerzte, als hätte man ihn durch einen Fleischwolf gedreht. Fleisch*wolf*. Sehr witzig.

Scheiße, er hatte sich verwandelt! War er immer noch ein Wolf?

Die Kühle, die er auf der Haut spürte, sagte ihm, dass es nicht so war. Sein Fell würde ihn wärmen, aber er hatte eine verdammte Gänsehaut.

»Ich hab ihn im Gästezimmer eingeschlossen. Nick liegt unten und lauert«, verkündete die jung klingende Stimme eines Mannes.

»Hofft er, dass er Everard doch noch einen Arm wegbeißen kann?«, fragte ein anderer Mann rauchig – der musste älter sein. Viel älter.

Hayden. Eingeschlossen? Sein Herz klopfte schneller. Er wollte die Augen öffnen, doch seine Lider schienen zu schwer. Warum war Hayden weggesperrt? Was hatte er diesen Leuten getan?

»Was hat Archie entschieden?«, wollte eine Frau wissen. Er spürte ihren Atem auf dem Oberkörper und wusste, dass sie seine Retterin war. Ihr Tonfall war ruhig, bestimmt, angenehm.

»Gar nichts. Wir halten morgen eine Sitzung ab und beraten uns.« Ein Seufzen. »Everard will wissen, wie es deinem Patienten geht.«

»Er wird's überstehen. Allerdings würde mich stark interessieren, wobei er sich die Wunde zugezogen hat. Ist er ein Verbrecher? Hat Everard uns einen Gangster angeschleppt?«

»Ich habe keine Ahnung, Liebling. Aber sollte es so sein, wird er es bereuen.«

»Na na. Der Mann brauchte Hilfe. Dringend«, mischte sich die raue Stimme ein. »Sind wir jetzt etwa zu Bestien geworden, die sich nur um sich selbst kümmern?«

»Nein, und so war's auch nicht gemeint, ich ... Lassen wir das für heute.« Ein weiteres Seufzen beendete die Diskussion. »Ich leg mich ins Bett.«

Die Tür ging auf und wieder zu.

»Ganz sauber wird er nicht sein«, murmelte die Frau. »Die Tattoos, die Narben.«

»Wer ist schon komplett *sauber*, wie du's nennst? Nick war es nicht. Brennan war es nicht. Hat nicht jeder eine zweite Chance verdient?«

»Natürlich, aber warum landen diese Kerle denn alle bei uns?«, gab die Frau zurück und Ridge glaubte, einen Hauch von Amüsement in ihrer Stimme zu hören.

Die Namen kamen ihm bekannt vor. Er erinnerte sich an die Story, die Slick ihm erzählt hatte. Von einem Weiler voll mit Wolfswandlern. Er hatte Streit mit seinem ehemaligen Safecracker gehabt – Brennan Huntington – und war schließlich mit den Leuten aus dem Dorf aneinandergeraten. Bei einem »Showdown« im Wald mit einem anderen Gangsterboss waren plötzlich Wölfe aufgetaucht und hatten sich in das Geschehen eingemischt – in einer Manier, die Slick nicht als Zufall abtun konnte. Er hatte sofort Blut geleckt und seine Leute nachforschen lassen. Ihm war klar gewesen, dass es noch mehr Wolfswandler geben musste. Wenig später ...

Jemand tupfte ihm die Lippen mit etwas Feuchtem ab und er zuckte zurück. Seine Augen öffneten sich und er blickte in ein freundliches Gesicht, umrahmt von wilden Locken und einem Bart mit weißen Strähnen. Ein Lächeln begegnete ihm. »Na, ausgeschlafen? Gabe Foreman.«

»Hayden«, brachte Ridge mühsam hervor.

»Der hat dich hergebracht, ja. Glaube kaum, dass du auch so heißt.«

»Ridge McVaine. Ich muss ihn sprechen.«

»Das ist ...« Der Mann wechselte einen Blick mit der Frau, die Ridge gerade einen Verband anlegte. »... vielleicht keine so gute Idee.«

»Bitte, ich muss ...« Ridge wollte sich aufrichten, wurde aber zurück ins Bett gedrückt. Der Schmerz rollte in hohen Wellen über ihn hinweg und er stöhnte. »Bitte. Er hat mir das Leben gerettet.«

»Lorraine?«, fragte Foreman. »Zwei Minuten, hm?«

Die Frau gab sich mit einem Schnauben geschlagen. »Ich hole ihn her. Aber wir bleiben im Raum, während du mit ihm redest.«

Ridge nickte, dankbar für das Entgegenkommen, und sah der Lady nach, die an der Rettung seines Lebens nicht unbeteiligt gewesen war.

»Das ist ja grade noch mal gut gegangen. Was ist denn passiert?« Foreman beugte sich vor und machte eine freundliche Miene, um ihn zum Reden zu bewegen. Aber Ridge war nicht einfältig genug, um auf den Pastorentrick reinzufallen. Er würde schön die Fresse halten und sich nicht – zusammen mit Hayden – um Kopf und Kragen reden.

Ein paar Herzschläge später stand eben dieser vor ihm. Sie sahen sich in die Augen. In Ridges Brust zog sich alles zusammen. Angenehm, dann schmerzend, weil er etwas in Haydens Blick bemerkte, das er dort nicht sehen wollte – Misstrauen und Abschottung. Der Mann wollte ihn sich vom Leib halten.

»Die zwei Minuten laufen, McVaine«, erinnerte Lorraine ihn.

Er richtete das Wort heiser an Hayden. »Du hast mir das Leben gerettet.«

»Nachdem ich dich in die Scheiße geritten hab, war's das Mindeste, was ich tun konnte.«

Verwirrt wollte er nachhaken, was damit gemeint war, doch er begriff es zum Glück, bevor er sie beide verraten konnte. Hayden wollte ihn als harmlosen Kollateralschaden darstellen. Mit *seinem* kriminellen Potential hatten sich die Leute im Weiler offenbar in irgendeiner Weise arrangiert. Ridge hingegen würden sie sofort hochkant rauswerfen, wie er vermutete. Warum tat er das alles für ihn? Bei ihrer letzten Begegnung draußen bei Slicks Hütte hatte Hayden ihm deutlich zu verstehen gegeben, dass er nichts mehr mit ihm zu tun haben wollte. Und hier waren sie nun. Ridge unter Haydens Schutz, soweit dessen Position es zuließ.

»Trotzdem«, brachte er rau hervor. »Danke.«

Hayden wirkte nervös, mied nun seinen Blick und nickte in einer abgehackten Bewegung. Dann trat er den Rückzug an, ohne auf den Gong zu warten, der die zwei Minuten für abgelaufen erklärte.

Das war es. Das war es gewesen. Hayden wollte endgültig nichts mehr von ihm wissen. Ridge sank in sich zusammen und gab sich dem Schmerz hin, der nicht von der Stichwunde allein kam.

7

Sie hatten ihn in den Flur gesperrt wie einen ungehorsamen Hund. Dort hatte er auf den Urteilsspruch zu warten. Ginge es nach Nick, würde er bald an einem Galgen draußen auf der Lichtung baumeln. Daran hatte dessen Blick keine Zweifel gelassen. Nicht die geringsten.

Hayden ging den langen Gang auf und ab. Einmal blieb er vor dem Spiegel stehen, um sich zu begutachten. Note ungenügend. Sein Haar war ungekämmt, unter seinen Augen lagen tiefe, dunkle Ringe und sein Mund wirkte verkniffen. Er sah aus wie einer, den man von der Bettkante stieß. Er hasste das.

Mit einem Knurren wandte er sich ab und setzte seine unruhige Wanderung fort. Sie hatten den ganzen Weiler versammelt. Frank und sein Anhängsel waren ebenfalls gekommen. Vermutlich weil es immerhin Frank war, dem er am meisten geschadet hatte. Er machte sich keine Hoffnungen, dass die Sache für ihn besonders angenehm ausgehen würde.

Der einzige, kleine Lichtblick war die Minute gestern Nacht gewesen, in der er sich davon überzeugen hatte dürfen, dass es Ridge den Umständen entsprechend gut ging. Das Gästebett der Pollocks war zu klein für ihn. Oder er war einfach zu verdammt riesig. Dennoch hatte er verloren darin gewirkt. So blass, dass sein Haar und der Bart abstrakt dunkel erschienen, ganz zu schweigen von den Tätowierungen. Und so kraftlos, dass einem seine Muskeln fehl am Platz vorkamen.

Unvermittelt ging die Tür zur Küche auf und Nick stürmte heraus, ließ sie laut hinter sich in die Angeln knallen. Er rannte an Hayden vorbei und rempelte ihn absichtlich an. Gleich darauf war er verschwunden.

Es dauerte nicht lange, da kam Brennan und eilte seinem Ehemann nach – ohne einen einzigen Blick auf Hayden zu werfen.

Die Küchentür blieb hinter ihm offen. James erschien in deren Rahmen. »Du wirst vorerst bleiben. Sobald dein Kumpel sich erholt hat, sehen wir weiter.«

Sie waren sich also nicht einig geworden, was mit ihm zu tun war. Das musste es bedeuten. Denn warum sonst sollten sie ihn hierbehalten?

Archie tauchte auf. »Santiago wird mit dir zu McVaine fahren, ein paar Sachen für den Mann holen.«

James sah das Dorfoberhaupt an, als habe es den Verstand verloren. »Du willst ihm die Möglichkeit zur Flucht geben?«

»Ich werd nicht abhauen«, sagte Hayden, bevor Archie etwas erwidern konnte.

»Auf dein Wort geb ich einen Scheißdreck, Everard«, fuhr Pollock ihn an. »Du hast ja auch auf deinen Diensteid geschissen.«

Hayden verbiss sich eine Antwort. Jede Beteuerung war an dieser Stelle sinnlos und er konnte es sogar verstehen. Wer sollte ihm schon glauben?

»Lass uns fahren«, meinte der Latino und klimperte mit dem Schlüssel.

Seine Freundin Kitty folgte ihm leichtfüßig. »Ich komme mit.«

»Kitty!« Archie schien alles andere als begeistert. Seine Stirn legte sich in Falten und seine buschigen Augenbrauen bildeten eine gruselige Einheit.

»Bye, Dad«, rief der Rotschopf ungerührt und war draußen.

»Katherine!«

Santiago nahm Hayden am Ellbogen und schob ihn ins Freie. »Na los, siehst du nicht, dass sich hier ein

Sturm anbahnt? Du willst nicht im Auge des Tornados hocken, wenn's losgeht, glaub mir das.«

✷

»Seid ihr zu einer Einigung gekommen?«, fragte Lorraine, als jemand das Zimmer betrat, welches Ridge bewohnen durfte, bis er genesen war.

»Ist das dein Ernst?«, knurrte der Schwarzhaarige mit spöttischer Miene. Lange Narben – eindeutig von den Krallen eines Wolfes hinterlassen – zierten seine linke Wange und hoben sich wulstig und weiß von seiner gebräunten Haut ab.

Der Dunkelblonde, der mit ihm hereinkam, ergriff ihn am Oberarm. »Bitte komm runter.«

»Brennan, lass das. Ich kann jetzt nicht runterkommen.« Damit wandte sich der Typ – es musste Nick sein – Lorraine zu: »Hayden ist grad mit Santiago und Kitty ins Auto gesprungen, um Klamotten für unseren Besuch zu holen.«

»Sie fahren zu mir nach Hause?«, fragte Ridge leise.

»Warum so besorgt? Gibt's da was, das unsere Leute nicht sehen dürfen?«

Ridge zwang sich, den Kopf zu schütteln, obwohl genau das seine Sorge war.

»Ich stimme Brennan zu«, sagte Lorraine. »Du solltest dich beruhigen. Ridge ist noch nicht wieder gesund, wie du siehst, und ich will nicht, dass du meinen Patienten mit irgendwas belastest.«

»Ich werd ihn gleich gewaltig belasten, wenn er nicht sagt, was gelaufen ist!«

»Gar nichts wird er«, konterte Lorraine und stellte sich zwischen Nick und das Bett. »Er ist nicht in der Verfassung, sich einem Verhör zu unterziehen. Das hat alles seine Zeit, aber die ist nicht jetzt.«

»Ausgerechnet *du* bist nicht neugierig, ob der Mann ein Verbrecher ist? Und woher er überhaupt kommt! Ich meine, er ist ein *Wandler*!« Der Kerl namens Nick sah ihn aus türkisfarbenen Augen an und schüttelte verwirrt den Kopf.

»Damals mussten wir alle akzeptieren, dass du Brennan hierbehalten wolltest. Es war zweifellos die richtige Entscheidung, aber sie hat mir anfangs nicht gefallen. Hier und heute wirst *du* meine Entscheidung respektieren, auch wenn sie dir nicht gefällt.« Sie sagte das in einem Tonfall, der keinen Widerspruch zuließ.

Tatsächlich stieß Nick bloß ein weiteres Knurren aus, zog aber von dannen.

Brennan hob entschuldigend die Hände und verzog den Mund zu einem kleinen Lächeln, bevor er ebenfalls das Weite suchte.

Ridge murmelte: »Danke für die Verteidigung. Aus dir wäre eine gute Anwältin geworden.«

»Mein Vater ist einer. Ich habe mich für das Medizinstudium entschieden, weil ich sein Paragraphengeschwafel nur schwer ertragen habe. Gerade als Teenager will man nichts davon hören, wann man per Gesetzestext zu Hause sein muss.«

Ridge lachte und bekam sofort die Quittung dafür. Ein brennendes Stechen fuhr ihm durch die Seite und er legte die Hand auf den Verband, um sich mit leichtem Druck Linderung zu verschaffen. »Ich glaube, ich hätte es genossen, mich auf diese Weise belehren zu lassen. Unterschwellig natürlich nur. Nach außen hin hätte ich sicher die Augen verdreht und teenagerhaft gestöhnt.«

»Soll das heißen, deine Eltern haben sich zu wenig um dich gekümmert?«

»Sowas in der Art.«

»Bist du deswegen auf die schiefe Bahn geraten?«

Erst nach einem Seufzen und dem Öffnen seiner Lippen, um kopflos alles zu beichten, begriff er die Falle und grinste aufgesetzt. »Wer sagt, dass ich das bin?«

Lorraine lächelte. »Smarter Kerl.« Dann blickte sie zur Tür, als eine braun-getigerte Katze mit aufgestellter Rute hereinkam und miaute. »Darf ich vorstellen? Das ist Missy.«

Die Mieze verschwand kurz aus seinem Sichtfeld, bevor sie mit einem gekonnten Sprung am Fußende des Bettes wieder auftauchte. Große Katzenaugen musterten ihn neugierig, während das Tier näherkam. Es senkte den Kopf, um an seiner Wunde zu schnuppern, dann kletterte es elegant auf seine Brust und rollte sich dort zusammen, nicht ohne zuvor den Kopf an seinem Kinn gerieben zu haben.

Ridge streichelte das Kätzchen und nutzte die Chance, als die Züge der Ärztin sanft und nachsichtig wurden. »Äh, Lorraine, ich müsste mal meinen Boss anrufen. Denkst du, das geht in Ordnung?«

»Deinen Boss?«

»Er wird sich fragen, warum ich nicht in der Arbeit auftauche, und ich will meinen Job nicht verlieren.« Das war glatt gelogen, denn er wollte nichts lieber, als diesen verdammten Job verlieren.

Scheiße, hatte er den Gedanken ernsthaft zugelassen? Wollte er das wirklich? Slick den Rücken kehren? Er war sich nicht sicher. Aber er wusste mit Sicherheit, dass er nie wieder einen Menschen töten wollte. Und er wusste, dass er mit Hayden zusammensein wollte.

Lorraine sah ihn misstrauisch an, griff aber nach seinem Handy und reichte es ihm. »Du verstehst sicher, dass ich im Zimmer bleiben muss, während du mit ihm redest. Und dass es von höchster Bedeutung ist, dass du ihm nicht verrätst, wo du bist. Klar?«

»Klar.« Nickend sah er auf das Display. Über zwanzig Anrufe in Abwesenheit waren eingegangen. Einige von M, was für Mickey stand. Ein paar weitere von S. Im Stillen lobte er sich dafür, nur Anfangsbuchstaben oder – wenn es nötig war – Initialen zu benutzen. Er tippte auf die Kurzwahl und hielt sich das Telefon ans Ohr, lauschte mit laut klopfendem Herzen dem Durchwahlton.

»Ridge! Wo zum Teufel bist du? Fast hätte ich Mickey bei dir einbrechen lassen! Der Kanadier hat ganze Wagenladungen Koks geliefert, der irre Wichser! Wir hätten dich gebraucht, um für Ablenkung zu sorgen.« Slicks aufgebrachte Stimme wurde von rauschendem Wind untermalt. Vermutlich saß er gerade im Auto und hatte die Fenster offen. Er hasste es, bei geschlossenen Fenstern zu fahren. Ganz gleich zu welcher Jahreszeit.

»Boss ... Sorry, dass ich heute nicht in der Firma aufgetaucht bin.«

»Firma? Du bist also nicht allein. Was ist passiert? Hält dich jemand fest?«

»Nein, nein«, wehrte Ridge ab. »Ich bin verletzt worden und bei einem Freund untergekommen.«

»Verletzt? Welchen Drecksack muss ich umlegen?«

»Ich bin mir nicht sicher.« Das war gelogen. Es war einer von Krulics nutzlosen Söhnen gewesen. Ein zurückgebliebener Bastard, mit dem nicht mal sein eigener Vater etwas anzufangen wusste. Zumindest aber war er loyal.

»Ist das wahr oder sagst du das, weil du nicht frei reden kannst?«

»Letzteres.«

»Waren es Krulics Männer?«

»Eher noch ein Junge«, murmelte Ridge und vergrub die Finger tiefer in Missys Fell, die daraufhin ihr

Schnurren lauter werden ließ. Es vibrierte bis in sein Herz.

»Einer seiner Söhne?«

»Ich denke schon.«

»Der, den Krulic nicht mal in einem seiner Casinos als Kloputze arbeiten lässt?«

»Genau der.«

»Alles klar. Dann weiß ich Bescheid. Da hätte ich wohl besser aufräumen sollen. Ich kümmere mich darum, sobald ich zurück bin. Momentan bin ich auf dem Weg zum Kongress.« Ein Treffen von Gangsterbossen und anderweitigen Gesetzesbrechern, das einmal im Jahr stattfand. Eine Gelegenheit, um Bekanntschaften zu festigen und mit seinen Erfolgen zu prahlen. »Soll ich nochmal umdrehen und dich abholen?«

»Nicht nötig, Boss. Ich komm klar. Wir hören uns, wenn du zurück bist.«

»Bist du sicher? Muss ich mir Sorgen um dich machen? Bist du bei Everard?«

»Sorgen? Sicher nicht, Boss«, murmelte Ridge und schluckte an einem Kloß im Hals.

»Alles klar, dann sehen wir uns in ein paar Tagen.«

Ridge schluckte und nahm seinen Mut zusammen. »Boss, denkst du an was?«

»An was soll ich denken?«

»Er ist nur ein einfältiger Bursche, der seinem Vater gefallen will.« Mehr konnte er in Lorraines Gegenwart nicht sagen.

»Wenn dir daran liegt, lass ich mir das Argument durch den Kopf gehen«, sagte Slick nach kurzer Überlegung in nachgiebigem Tonfall. Dann legte er auf.

Ridge ließ das Handy sinken. Es war ihm plötzlich zu schwer. Lorraine nahm es ihm ab und legte es zurück auf die Kommode, auf der verschiedenste Medikamentenfläschen und -döschen standen.

»Alles in Ordnung?«, fragte sie und tupfte ihm mit einem feuchten Lappen kalten Schweiß von der Stirn. Die ihre war in so tiefe Falten gelegt, dass er keinen Zweifel daran hegte, dass sie ihn zumindest zum Teil durchschaute.

»Er macht sich Sorgen um mich.«

»Sympathisch.«

Das war er. Slick Sonny Hard hatte seine dunklen Seiten. Mehr als ein gewöhnlicher Bürger. Dennoch war der Mann sein Freund.

*

Hayden schluckte schwer, als er die Tür aufschloss und den Schlüsselbund mit der kleinen Batman-Figur wieder in seine Hosentasche schob. Er fand das Ding irgendwie süß. Oder war es der Gedanke an Ridge, der ihn in diesem Zusammenhang berührte? Was sagte dessen Vorliebe für Bruce Wayne aus? Er konnte sich ja wohl kaum als Kämpfer für Gerechtigkeit sehen, wenn er für jemanden wie Slick arbeitete? Oder war der neuerdings zu Robin Hood mutiert?

»So sauber alles. Fast steril« murmelte Kitty und wischte mit den Fingern über eines der Regale, die ein paar nichtssagende Bücher trugen. »Kaum zu glauben, dass hier ein Kerl wohnt. Du solltest dir ein paar Inspirationen holen, San.«

Der Latino versetzte ihr grinsend einen Stoß gegen den Oberarm, dann verging ihm das Lachen, als er den Blutfleck bemerkte, auf den Hayden starrte. »Du würdest dich ganz schön aufregen, wenn du sowas in meiner Hütte fändest.« Er wandte sich mit gesenkter Stimme an Hayden. »Willst du eine Tasche packen? Ich wühle ungern in der Unterwäsche eines Fremden.«

»Ich kann das machen«, bot sich Kitty scherzend an. Das Blut auf dem Boden hatte sie offenbar nur kurz aus der Fassung gebracht – wenn überhaupt. Hayden fiel es schwerer, den rostroten Fleck auszublenden. Verständlich. Immerhin war es *sein* Mann gewesen, der dort gelegen hatte, und nicht der ihre.

»Keine Chance.« Santiago hob warnend den Zeigefinger und deutete auf die Couch. »Lass uns hinsetzen, während Everard sich damit beschäftigt.«

»Ich mach lieber das da sauber«, murmelte das Mädchen. Gleich darauf hörte er, wie Wasser aus dem Hahn in einen Eimer plätscherte.

Schweigend ging Hayden ins Schlafzimmer. Der helle Parkettboden aus der restlichen Wohnung setzte sich hier fort. Das Bett war ordentlich gemacht und duftete frisch bezogen. Das war bedauerlich. Er hätte es bevorzugt, wenn es nach Ridge riechen würde. Zwei schmale Fenster flankierten das Bett und ließen das Sonnenlicht herein, welches Hayden nach der durchwachten Nacht als zu grell empfand. Er öffnete die Schranktüren. Ein paar elegante Jacketts hingen an der Stange. Zwei Anzughosen daneben. Wie mochte Ridge in sowas aussehen? Nicht vorstellbar. Verdammt heiß mit Sicherheit. Wie in allem.

Hayden zog ein paar Jeans hervor und warf sie aufs Bett, um sie in eine Tasche zu packen, sobald ihm eine unterkam. Enge Shirts folgten den Hosen. Alles in schwarz. Er fand zwei paar Schuhe und stellte sie zu den anderen Sachen, bevor er sich den Boxershorts und Socken widmete, die in einer Schublade nebeneinander existierten – getrennt wie Soldaten zweier verfeindeter Truppen.

»Wusstest du, dass dein Freund auf Robert Palmer steht?«, rief Santiago ihm vom Wohnzimmer aus zu.

»Ja, wusste ich.«

»Er hat alle Schallplatten von dem. Wer außer einem Hardcorefan stellt sich in unseren Zeiten sowas hin?«

»Nur ein Hardcorefan, vermute ich«, gab Kitty zurück. Sie klang angestrengt. Hayden vernahm das Schrubben einer Bürste auf dem Boden.

»Hier ist sogar eine aufgelegt«, fuhr Santiago fort. »Die ist aber nicht Palmer.«

»Von wem denn dann?«, fragte Hayden.

»Eine andere Version von *Some guys have all the luck*. Rod Stewart.«

Gleich darauf hallte Musik durch den Bungalow. Hayden hielt inne und lauschte den Zeilen, obwohl er sie kannte. Wer kannte den Song nicht?

Er leckte sich die Lippen und blinzelte ein paar Mal, während Stewart davon sang, dass ein paar Kerle alles Glück der Welt hatten, wohingegen die anderen sich mit Pech begnügen mussten. Davon, dass er von verliebten Pärchen umgeben war, es für ihn jedoch keine Liebe zu geben schien. Davon, dass er sich jemanden wünschte, der sich um ihn kümmerte und um den er sich kümmern konnte.

Er schüttelte den Schauer ab, der ihm über den Rücken lief, und umrundete das Bett, um in der Kommode nach einer Tasche zu suchen. Ein Klacken unter seinen Schuhsohlen ließ ihn stehenbleiben. Er wusste, was das bedeutete, ohne darüber nachdenken zu müssen. Die Frage war nur, wie er damit umzugehen hatte. Wollte er nachsehen und erfahren, was Ridge unter den Bodenplatten versteckt hielt? Oder wollte er es bleiben lassen?

Er wollte es bleiben lassen. Stattdessen durchwühlte er die Kommode und die beiden Nachtkästen. Nirgendwo fand er Kondome, Gleitgel oder sonstetwas, das auf ein reges Sexleben hindeuten würde. Das verwunderte ihn.

Ein zweites Mal knackte es unter ihm. Als wolle ihn die Scheiße unter der Bodenplatte auf sich aufmerksam machen. Hayden biss die Zähne zusammen und ignorierte den Ruf.

Als er endlich eine Tasche gefunden hatte, trat er ein drittes Mal darauf und konnte nicht länger an sich halten. Er vergewisserte sich, dass Kitty immer noch schrubbte und Santiago in alten Platten stöberte, bevor er mit rasendem Herzen in die Hocke ging. Das Saxophonsolo und der Beat des Schlagzeuges putschten ihn weiter hoch.

Er klopfte das Parkett ab und nahm die Spitze eines Schlüssels zu Hilfe, um die lose Platte anzuheben. Behutsam legte er sie zur Seite und betrachtete den schwarzen Koffer, der sich darunter verbarg. Seine Finger bebten, als er ihn heraushob. Und noch heftiger, als er den Deckel öffnete. Was zum Vorschein kam, raubte ihm für eine Sekunde den Atem. Ein Barrett M82. Halbautomatischer Rückstoßlader. Militärisches Scharfschützengewehr.

Er streckte die Hand danach aus, fasste das Ding aber nicht an. Er hatte kein Problem mit Waffen im Allgemeinen, aber mit dieser hier hatte er eins.

Das war also die Waffe, mit der Ridge seinen Dienst für Slick verrichtete. Sie wirkte riesig und bedrohlich. Das Bild von einem in Deckung liegendem Ridge mit zugekniffenem Auge und dem Finger am Abzug drängte sich ihm auf.

»Du willst uns jetzt aber nicht erzählen, dass er die für die Hirschjagd benutzt?« Kittys Stimme ließ ihn mit einem Ruck den Kopf heben und in zwei feindselige Gesichter sehen.

Am liebsten würde er sich die M82 ins Maul stopfen und sich erschießen, aber er glaubte nicht, dass er sie schnell genug zusammenbauen könnte.

8

»Tut mir leid, aber es geht nicht anders.«

Mit diesen unheilvoll klingenden Worten und Lorraines Hilfe hatte Foreman ihn aus dem Bett und aus dem Haus gehievt.

Der Abend war hereingebrochen. Er hatte den Tag fast gänzlich verschlafen. Als Hayden und die anderen am frühen Nachmittag mit seiner Tasche zurückgekehrt waren, hatte Foreman ihm geholfen, sich zu waschen und frische Kleidung anzuziehen. Hayden hatte er für keine Sekunde zu Gesicht bekommen.

Wenn Ridge nicht geschlafen hatte, hatte er nachgedacht. Doch er war zu keinem Ergebnis gekommen. Er brauchte mehr Zeit, um sich über einige Dinge klarzuwerden. Er wollte der Mann werden, den Hayden wollte, brauchte und verdiente. Aber wie änderte man ein so total verkorkstes Leben von einem Tag auf den anderen?

Schritt für Schritt führten Foreman und Lorraine ihn über die Lichtung des Weilers zum größten aller Häuser.

»Vorsichtig«, murmelte Lorraine, als sie die Stufen zur Veranda nahmen. Auf dem kurzen, aber mühsamen Weg hatte sie ihm einen Schnellkurs gegeben, der ihm Namen und Position der Weilerbewohner verriet.

Ridge schluckte, als er durch die Hintertür in die voll besetzte Küche sah. »Ihr hättet mir sagen können, dass die Spaghetti meine Henkersmahlzeit waren. Ich hätte sie mehr genießen sollen. Und ich hätte Missy noch mal streicheln müssen.«

»Red keinen Unsinn«, tadelte Lorraine ihn.

Foreman lachte. »Ich weiß nicht, ob du sie *mehr* hättest genießen können. Du hast drei Schüsseln voll gegessen.«

Darauf konnte Ridge nicht antworten, denn im gleichen Augenblick betraten sie das Haus des Dorfoberhauptes. Die Gespräche verstummten und er wurde sachte auf dem Stuhl am Ende des Tisches platziert. Ihm gegenüber saß ein alter Mann, der etwas Oberlehrerhaftes an sich hatte. Ordentliches, ergrauendes Haar toppte ein strenges Gesicht mit einer schmalen Lesebrille auf der Nase.

Oberlehrerhaft? Woher wollte ausgerechnet er das wissen, wo er doch seit seinem zehnten Lebensjahr keine Schule mehr von innen gesehen hatte?

Sein Blick fiel auf Hayden, der zur Linken des alten Archie saß und den Kopf gesenkt hielt. Er wippte unaufhörlich mit dem Fuß, was seinen Körper in Bewegung brachte. Sein Gesicht hatte eine ungesund blasse Farbe und unter seinen Augen lagen dunkle Ringe. Er hatte das Hemd bis zu den Ellenbogen hinaufgekrempelt und hielt die Finger fest verschränkt. Ridge fühlte bei seinem Anblick so viele Dinge.

Erst dann – eine Ewigkeit später – bemerkte er die M82 auf dem Küchentisch. Sein Mageninhalt kam hoch und er würgte an der sauren Mischung.

»Everard hat sie in deinem Haus gefunden«, meinte Archie rau.

Und dabei hatte Ridge geglaubt, Hayden würde ihn beschützen wollen.

»Kannst du uns das erklären?«, fragte ein Kerl mit Glatze und drahtigem Bart. Kellan, Archies Lebensgefährte. »Und erzähl uns keinen Scheiß von wegen Sport oder Jagd. Damit kenn ich mich aus.«

Daraufhin wurde es still. Ridge hörte seinen eigenen Herzschlag und schließlich Haydens geflüsterte Worte: »Es tut mir leid.«

Nach einem Erbeben straffte Ridge die Schultern. »Du kannst nichts für das, was ich bin.«

»Und was wäre das?«, fragte der Glatzkopf in Jägerskluft.

»Ein Auftragsmörder.« Er hörte Lorraines scharfes Luftholen und fühlte sich verdammt mies, sie derart zu enttäuschen.

»Der wird nicht bleiben. Nur über meine Leiche!« Der bärige Bob sprang auf und verließ das Haus. Für den Nachhall sorgte die krachende Tür. Seine Wut war verständlich. Bob hatte einen vertrauensseligen Bruder mit Down-Syndrom, den er bis aufs Blut beschützte. Das passte nicht mit einem fremden Hitman als Nachbarn zusammen.

»Arbeitest du für jeden, der dich bezahlt? Oder für jemand bestimmten?«, fragte James, der Bulle.

»Ich arbeite für einen Gangster namens Slick Sonny Hard.«

Gemurmel brandete auf wie wilder Wellengang an einer Klippe.

»Für Slick?«, mischte sich Brennan ein – der Safecracker. »Das wüsste ich.«

»Ich habe knapp nach deiner Zeit bei ihm angefangen. Ist noch nicht so lange her, seit Slick mich für sich beansprucht hat. Und euer Dorf ist nicht unbeteiligt daran.«

»Inwiefern?«, fragte Archie. Seine Augen schienen aus den Höhlen zu treten, während Kellan hinter ihm die hohe Stirn runzelte. »Was soll das heißen?«

»Ihr wisst selbst, was damals mit Slick und Brennan Huntington gel-«

»Huntington-*Timofeyev*«, warf der düstere Nick mit ebenso düsterer Stimme ein, was den jungen Mann namens Don Leary ein amüsiertes Grunzen kostete.

»Ihr wisst jedenfalls, was da gelaufen ist«, setzte Ridge erneut an. »Ihr habt euch verraten und Slick hat das Potential erkannt, das er in den Händen hält, wenn er einen Wolfswandler sein Eigen nennt.«

»Du redest, als wärst du sein Besitz«, knurrte Hayden, immer noch auf die Tischplatte oder seine Hände mit den weiß hervortretenden Knöcheln starrend.

»Ich rede so, weil ich genau das bin.«

»Das muss aber nicht so bleiben.« Haydens Tonfall wurde wölfisch.

»Er hat mir das Leben gerettet. Ich weiß nicht, wie ich es ändern soll.«

Endlich sah Hayden ihm in die Augen. »Wie wär`s dann, wenn du härter darüber nachdenkst, verdammtes Arschloch?« Trotz der fast hasserfüllt gespuckten Worte, lag keine Feindseligkeit in Haydens Blick und in Ridges Brust zog sich etwas zusammen. Er bedeutete Hayden etwas.

»Wie wär's, wenn du erstmal erzählst, wie es dazu gekommen ist, dass du der Besitz eines Verbrechers bist? Dann können wir ...« Foreman zögerte. »Abstimmen, ob du bleiben kannst«, beendete er den Satz, schien jedoch selbst nicht an diese Möglichkeit zu glauben. Wozu dann überhaupt alles erzählen?

Weil Ridge es ihnen schuldig war. Er schuldete Lorraine und Foreman, die sich um ihn gekümmert hatten, eine Erklärung. Nicht zuletzt schuldete er es Hayden, der ihm zwar das Leben gerettet, ihm nebenbei aber das Herz gestohlen hatte, der Mistkerl.

Er räusperte sich hinter geballter Faust. »Gut, ich ... Ich werde aber am Anfang beginnen müssen.«

»Das ist für gewöhnlich das Klügste«, murmelte Kitty mit einem winzigen Zucken um die Mundwinkel, wofür sie einen bösen Blick ihres Vaters erntete.

Ridge senkte den Kopf. Er wollte niemanden ansehen, während er die Scherben seines verschissenen Lebens zusammentrug. »Meine Ma ist gestorben, als sie mich geboren hat. Mein Erzeuger hat mich fünf Monate lang ertragen. Dann hat er versucht, mich in dem Bach hinter unserem Haus zu ertränken.« Er rieb sich unruhig die Stirn. »Peer hat mich irgendwann viel später mal zu besagtem Haus gefahren. Ich war dreizehn oder vierzehn. Ich habe den Bach mit eigenen Augen gesehen. Es war lächerlich. Hätte mein Erzeuger Mumm gehabt, hätte er mir den Schädel an den Steinen zertrümmert«, presste er bitter hervor. Ihm war scheißegal, wie irre er klingen mochte. »Wie schwer kann es sein, einen Säugling zu ersäufen? Aber sogar dazu war mein Vater zu bescheuert. Er hat es nicht geschafft, weil mein Wolf in Form eines Welpen hervorgebrochen ist, als er mich unter Wasser gedrückt hat. Ich hab ihn gebissen. Zumindest behauptet er das. Ich weiß nicht, ob es wahr ist, denn ich hab ihn bis heute nur drei Mal aus der Ferne gesehen. Einmal durch das Zielfernrohr dieses Gewehres.« Er deutete mit dem Kinn auf seine M82. »Ich hab nicht abgedrückt, falls sich das jemand fragt. Jedenfalls erkannte mein Erzeuger nach meiner Wandlung, dass er Geld mit mir machen konnte. Er hat mich verkauft.«

Ridge brauchte eine Pause, um seine Wut und den Schmerz hinunterzuwürgen.

»Der Mann, der ein Vermögen für mich bezahlte, hieß Peer Novak. Er zog mich groß und zu dem heran, was er haben wollte. Ein Mittel zur Einschüchterung seiner Rivalen und ungehorsamen Handlanger. Eine Mordwaffe, wenn es sein musste. Ich lernte, mit einem Scharfschützengewehr umzugehen, als wäre es ein Teil von mir. Das Töten mit den Zähnen brauchte ich nicht zu lernen. Meine Instinkte reichen dafür vollkommen aus.«

»Red nicht so«, fuhr Hayden ihn unvermittelt an. »So bist du nicht.«

»Lass ihn nur, da sehen wir, wes Geistes Kind er ist«, brummte James und klang auf eine grimmige Art und Weise zufrieden. Seine vorgefertigte Meinung schien sich zu bewahrheiten. Das machte einen Bullen immer glücklich.

Hayden zeigte James die Zähne. »Er hätte nicht all die Narben, wenn er sich nicht gegen das gewehrt hätte, was sie aus ihm machen wollten!«

»Vielleicht hat er sich diese Souvenirs eingefangen, als er ein paar Unschuldigen die Kehle durchgebissen hat!«

»Ach, und die haben ihm ein Teletakthalsband angelegt? Die armen Unschuldigen?«, schrie Hayden zurück.

»Schluss jetzt«, ermahnte Archie. »Wie kam es zu deinem Wechsel in die Dienste des anderen Verbrechers?«

Die Vehemenz, mit der Hayden ihn verteidigte, brachte Ridge ein warmes Gefühl in der Brust ein. Nicht einmal das Brennen seiner gerade erwähnten Narben konnte ihm die angenehme Regung nehmen.

»Slick fand durch euch heraus, dass es Wolfswandler gibt, und wollte einen für sich haben.«

»Und du behauptest, er ist dein Freund!« Hayden schüttelte den Kopf und fuhr sich ungestüm durchs Haar. »Dabei ist er kein Stück besser als dieser Novak!«

»Doch«, widersprach Ridge leise, aber aus vollster Überzeugung. »Das ist er.«

Es wurde wieder still. Jeder dachte nach. Darüber, was nun aus ihm werden sollte. Ridge fühlte sich wie Damokles, über dem das Schwert an einem einzigen Wolfshaar an der Decke hing. Er hatte nicht gewusst, dass er hierbleiben wollte, aber er bemerkte sehr wohl, dass es das war, was Hayden sich wünschte. Und er wollte naturgemäß das, was Hayden wollte.

»Du wurdest von Hard also *nicht* mit Gewalt gezwungen, den Abzug zu drücken?«, fragte Archie irgendwann.

Ridge begriff sofort, worauf das hinauslief. Ebenso schnell drehte sich ihm der Magen um. Abscheu kroch seine Kehle hoch. »Nein.«

»Dann hast du dich aus freien Stücken als Mordwaffe benutzen lassen?«

»Ja.«

Hayden kam in die Höhe. »Aber er will sich ändern! Das willst du doch, oder?« Sein Blick wirkte verzweifelt, suchte in Ridges Gesicht nach der Wahrheit. »Er hat den verfickten Krulic laufen lassen! Obwohl der selbst keine Skrupel kennt!«

»Du schon, oder wie, du wertloses Stück Scheiße?«, knurrte Nick.

»Everard, setz dich oder ich schmeiß dich raus.« James sah drein, als würde ihm ein Rauswurf nur allzu großes Vergnügen bereiten.

Hayden setzte sich.

»Jetzt zu dem Ereignis, das zu deiner Wunde und all dem Durcheinander geführt hat. Was ist da passiert?«, wollte Kellan wissen.

»Wie Hayden sagte, haben wir gemeinsam einem Mann zur Freiheit verholfen, der auf Slicks Abschussliste stand.«

»Und Slick hat es rausgefunden«, murmelte Brennan.

»Gott bewahre, nein. Wir haben dafür gesorgt, dass Krulic von der Bildfläche verschwindet. Er hat viele Söhne von vielen Müttern. Der Jüngste nahm an, ich hätte seinen Dad umgebracht, und wollte es mir heimzahlen. Er ist mit einem Freund bei mir eingebrochen und stellte mich zur Rede. Da ist ihm die Hand ausgerutscht.« Ironischerweise eine sehr treffende Beschreibung. Der Bursche hatte geheult wie ein Kind und vor lauter Verzweiflung schließlich zugestochen.

Es kehrte Stille ein und eine kleine Ewigkeit verging. Die Uhr tickte, der Kühlschrank brummte vor sich.

»Wir werden abstimmen«, verkündete Archie schließlich und warf einen Blick in die Runde. »Wer ist dafür, dass McVaine bleibt?«

Foremans Hand schoss ohne ein Zögern nach oben und Ridge hätte den alten Mann für seine Nachsicht und seine ganze Art küssen mögen. Dann hob das rothaarige Mädchen die Hand. Doch die beiden standen mit ihrer Unterstützung alleine da. Sein Schicksal war besiegelt.

»Wer möchte, dass er noch heute Abend den Weiler verlässt?«, fragte Archie und deutete selbst in den Himmel. Wie der Rest der Gemeinschaft. Lorraine warf Ridge einen entschuldigenden Blick zu und schloss sich den anderen an.

Hayden schnappte nach Luft und verließ fluchtartig das Haus.

Der übergewichtige Mann in Uniform – Frank Davis – brach das Schweigen. Er und sein fester Freund Don Leary hatten nicht abgestimmt. »Ist das euer Ernst?«

»Er ist ein Mörder«, sagte James.

»Noch dazu Haydens Freund. Von dem kam noch nie was Gutes«, warf Nick ein. »Der soll sich gleich mit verpissen. Ich scheiß auf Rache oder eine erzwungene Wiedergutmachung.«

»Wie viele Männer haben wir in der Nacht getötet, als wir Brennan vor Slick retten mussten?«, fragte Foremans raue Stimme. »Drei? Vier? Ich glaube mich zu erinnern, dass du selbst deine Zähne in jemandes Fleisch vergraben hast, James.«

»Ich habe zwei Männer im Dienst erschossen«, meinte Frank gedrückt.

»Das ist beides nicht mit dieser Situation zu vergleichen und ich lasse auch nicht mit dir diskutieren. Wir haben abgestimmt und fertig.« James ging nach draußen.

Ridge sah ihm hinterher, wie er die Lichtung überquerte und in dem Haus verschwand, in dem Lorraine und Foreman sich um ihn gekümmert hatten.

»Gut, dann machen wir das anders.« Frank Davis straffte die Schultern.

∗

Die Tür hinter ihm ging zwei Mal nacheinander auf. Hayden kümmerte sich nicht darum, sondern trat auf Reifen und Karosserie des Ford ein, bis sein Schienbein sich anfühlte, als wäre es gespalten.

Was jetzt, verdammte Scheiße? Ridge würde darauf bestehen, zu Slick zurückzugehen! Hayden konnte ihm keinen Unterschlupf bieten, denn er hatte selbst keinen! Er hatte keine Alternative zu offerieren, keinen Schutz, kein gar nichts! Ein verfluchter Versager! Mehr war er nicht.

Auf dem Rücksitz lag das wenige Zeug, das er noch besaß. Santiago hatte gemeint, er solle es vorsorglich in Ridges Wagen zwischenlagern. Es war von vornherein klar gewesen, dass er nicht bleiben durfte. Das begriff er jetzt. Aber Ridge ... Warum gaben sie ihm keine Chance? Sahen sie denn nicht, dass er ein guter Mann war?

Sein Bein knallte noch einmal erbittert gegen den Wagen.

»Ist das *sein* Auto?« Franks Stimme begleitete dessen schwere Schritte.

»Ja.«

»Dann solltest du den Scheiß lassen.«

Hayden raufte sich das Haar und riss sich unabsichtlich ein paar davon aus. »Das ist doch krank! Alle hier benehmen sich, als wären sie Heilige. Aber wenn jemand ihre Hilfe braucht, dann schmeißen sie ihn raus. Verdammte Heuchler!«

»Du musst zugeben, dass du auch einige Fehler gemacht hast, die zu ihrem Verhalten beigetragen haben.«

»Aber dafür kann *er* doch nichts!«, brüllte Hayden und drehte sich zu Frank um. Dessen Vollbart war kürzer als früher, versteckte weniger.

»Das ist mir schon klar. Aber das ändert nichts daran, dass deine Fehltritte auf ihn abfärben. Des Feindes Freund bleibt eben ein Feind. Ganz abgesehen davon, dass er ein Mörder ist.«

»Du hast gehört, was er erzählt hat. Sie haben ihn gezwungen. Mit Kalkül und Gewalt. Dieser Novak hat ihn dazu gemacht und ihm jegliches Gefühl dafür genommen, wie es wäre, mit dem Morden aufzuhören. Hast du sein Gesicht gesehen, als Archie ihn darauf angesprochen hat? Darauf, dass er für Slick weitergemacht hat, obwohl er nicht mehr mit Brutalität gezwungen worden ist? Es ist ihm nie in den Sinn gekommen, dass er hätte aufhören können! Verstehst du das, Frank?«

Frank hob eine Augenbraue. »Und du denkst, du bist der Richtige, um ihm zu zeigen, dass es nicht so weitergehen muss?«

»Ich? Fuck, nein«, knurrte Hayden. »Aber deine Leute hätten es gekonnt!«

»Tja, manchmal klappt eben nicht alles nach Plan und man muss mit den Mitteln arbeiten, die man zur Verfügung hat. Das Beste rausholen.«

»Was?«

»Gib mir die Schlüssel für den Ford. Don soll unseren Wagen fahren.« Frank streckte derart bestimmt die Hand aus, dass Hayden gar nicht anders konnte, als ihm das Gewünschte zu überlassen. »Ich will, dass du dich verwandelst. Ist sicherer. Die Anwesenheit eines Wolfes im Wagen kann ich leichter erklären als deine. Ich behaupte einfach, du bist mein Wolfshund, wenn sie uns aufhalten. Hechle lieb und wedel ein wenig mit dem Schwanz, sollte es dazu kommen.«

»Was?«, wiederholte Hayden eine Spur perplexer als zuvor. Wie flachsig Frank mit der wölfischen Natur umging, war ziemlich erstaunlich. Er hatte diesen Mann sicher noch nie so lässig und selbstsicher erlebt.

»Wohin fahren wir?«, startete er einen neuerlichen Versuch.

»Bedank dich noch bei Lorraine«, befahl Frank statt einer Antwort.

Foreman tauchte aus der Dunkelheit auf und überreichte Hayden wortlos die Tasche, die er wenige Stunden zuvor für Ridge gepackt hatte.

Don und Lorraine mühten sich damit ab, Ridge in Franks Lexus zu hieven. Es gelang ihnen und sie wechselten ein paar Worte, ehe Lorraine zurücktrat und die Arme verschränkte, während Don sanft die Tür zuschlug.

»Na los«, forderte Frank ihn auf und Hayden setzte sich nach einem Schlucken in Bewegung, um vor Lorraine stehenzubleiben.

Obwohl er ihr gegenüber tatsächlich maßlose Dankbarkeit verspürte, fiel es ihm nicht leicht, das in Worte zu fassen. Er war es nicht gewohnt, sich bei jemandem zu bedanken. »Danke, dass du sein Leben gerettet hast. Das werde ich dir nie vergessen. Vielleicht kann ich mich eines Tages revanchieren.«

»Gern geschehen.« Sie nickte ihm zu. »Ich hab ihm erklärt, wie er die Wunde die nächste Zeit zu behandeln hat. Aber Ende der Woche muss noch mal ein Arzt draufsehen. Sollte ein Arztbesuch, warum auch immer, nicht möglich sein, könnt ihr euch gerne bei mir melden. Ihr wisst ja, wo ich zu finden bin.«

»Danke«, brachte Hayden noch einmal hervor. Er konnte nicht glauben, dass sie ihnen allen Ernstes ihre Hilfe anbot.

»Alles Gute.« Sie hob die Hand in Ridges Richtung zu einem Winken.

Hayden drehte sich zu dem Mann um, der hinter dem Fensterglas zurückwinkte. Dann trafen sich ihre Blicke. Nur für einen Moment, doch lange genug, um sein Herz schneller schlagen zu lassen. Die Kluft zwischen ihnen war groß – die vielen unausgesprochenen Dinge und die ungewisse Zukunft hatten einen Krater zwischen sie geschlagen. Ganz offenbar war er jedoch nicht tief genug, um Haydens Zuneigung davon abzuhalten, ihn mühelos zu überqueren.

»Hayden, komm, ich will nach Hause. Wir fahren«, befahl Frank.

Nach Hause. Frank nahm sie bei sich auf. Eine Einsicht wie ein Faustschlag.

Gehorsam wandte er sich um. Frank und Don verabschiedeten sich mit einem Kuss voneinander, ehe der Junge in den Lexus stieg.

Hayden ließ sich auf den Rücksitz des Ford fallen, zog sich hastig aus und nahm seine Wolfsgestalt an, noch bevor Frank hinter dem Lenkrad saß.

Durch die Heckscheibe sah er Foreman, Lorraine und den Weiler dahinter, der in nächtlicher Dunkelheit lag. Als er sich der Straße zuwandte, blieb sein Blick an Frank hängen. Dessen Beweggründe wollten sich ihm nicht erschließen. Hayden hatte ihn gedemütigt. Hatte seinen Partner die meiste Zeit wie Dreck behandelt. Er schämte sich dafür.

Dann wurde er von der Erkenntnis überrascht, dass es ihm gefehlt hatte, bei Frank im Auto zu sitzen und dessen Fahrstil zu genießen. Er legte die Schnauze auf den Rücksitz, drückte sie an die Stange des Kopfteils und musterte verstohlen den Mann mit dem haselnussbraunen Haar.

Er dachte an das Video, welches er in jener Nacht aufgenommen hatte. An die widerlichen Gemeinheiten, die er Frank an den Kopf geworfen hatte.

Gott, was zwischen ihnen schon alles gelaufen war. Der Deal mit den Russen. Er hatte Frank benutzt, um sich Sicherheit zu verschaffen, Frank hatte ihn auffliegen lassen. Letztendlich hatten sie sich gegenseitig das Leben gerettet.

Ein Winseln staute sich zusammen mit einem schmerzvollen Jaulen in seiner Kehle, doch er hielt beides zurück. Er verspürte einen seltsamen Druck hinter den Augen. Es tat verdammt weh, zu wissen, dass er Franks Beistand nicht verdiente. Dass er ihn schlichtweg nicht wert war.

9

Ridge lehnte sich zurück und sah zu den schnell vorüberziehenden Baumwipfeln hoch.

»Du hast irgendwie wenig dazu gesagt, was *du* eigentlich willst«, meinte der junge Mann am Fahrersitz und fuhr sich mit der schwer beringten Rechten durch das penibel gekämmte Haar.

»Hayden wollte im Weiler bleiben.«

»Und du?«

»Ich eigentlich auch. Lorraine und Foreman waren nett zu mir. Und es hätte mir Zeit und Ruhe verschafft.«

»Wozu?«

»Zum Nachdenken. Darüber, wie's weitergehen soll.« Er justierte den Gurt neu, weil das verdammte Ding auf die Scheißwunde drückte.

»Du sagst, dieser Slick ist dein Freund.«

»Er ist zumindest das, was ich mir darunter vorstelle.«

»Und trotzdem musst du darüber nachdenken, wie du dich von ihm lösen kannst. Hast du selbst gesagt.«

»Ich bin ihm was schuldig. Er hat mich von Novak befreit.«

»Ein Freund verlangt keine Gegenleistung. Das macht eine Freundschaft aus.«

»Er ... er hat ja auch nichts verlangt. Ich fühle mich ihm einfach verpflichtet.«

»Nicht so gut, wenn dabei Menschenleben ausgelöscht werden.«

»Ich will niemanden mehr töten. Ich *werde* niemanden mehr töten.«

»Aber du sagst, Slick wollte einen Wolf, eine Waffe. Was wird er zu deinem Entschluss sagen? Wird er dich dann noch brauchen?«

»Ich bin nicht nur sein Hitman, sondern hab mich auch als Türsteher bewährt.«

»Dazu muss man kein Wandler sein. Er hat dich aus einem bestimmten Zweck zu sich geholt, wie auch immer er das gemacht hat. Den spannendsten Teil hast du ja leider ausgelassen«, neckte ihn der Junge. »Was glaubst du, wird Slick dazu sagen? Wird er nach deinem Sinneswandel noch Verwendung für dich haben?«

»Es würde sich sicher etwas finden lassen«, murmelte Ridge, war jedoch selbst nicht gänzlich davon überzeugt.

»Hayden hat erwähnt, dass du einen Typen hast laufen lassen, den Slick tot sehen wollte. Woher weiß er das?«

»Ich hab ihn da mit reingezogen. Er hat mir geholfen, Krulic außer Gefahr zu schaffen. Mehr oder weniger.«

»Hm. Normalerweise ist es Everard, der irgendwen irgendwo reinzieht. Muss komisch für ihn sein, dass du den Spieß umgedreht hast.« Don trommelte mit den Fingern auf das Lenkrad und warf einen Blick in den Rückspiegel. Was er sah, schien ihm zu gefallen, denn er lächelte, bevor er wieder ernst wurde. »Was würde passieren, wenn Slick rausfindet, dass du diesen Kru...dings laufen hast lassen?«

»Ich schätze, er würde sich einen anderen Hitman suchen und mir den auf den Hals hetzen. Wenn Slick eines nicht leiden kann, dann ist es Verrat.«

»Aha. Ein toller Freund, ich beneide dich darum«, spottete Don. »Und du glaubst, Hayden wird damit zufrieden sein, dass du weiterhin für diesen Mann arbeitest? Du denkst, das ist das Leben, das er sich wünscht? In ständiger Erwartung, ob Slick nicht doch seine Meinung ändert und wieder was Schlimmes von dir verlangt? Oder dass er rausfindet, was ihr getan habt und euch beide umlegen will?«

Ridge schluckte schwer. Daran hatte er nicht gedacht – dass er mit seiner Loyalität Slick gegenüber Haydens Leben aufs Spiel setzte. Der Junge hatte recht. Das war nicht das, was Hayden wollte, und ganz sicher nicht das, was er verdiente.

Don konnte offenbar in seinem Gesicht lesen, wie in einem aufgeschlagenen Buch. »Scheint mir, dass das mit dem Nachdenken keine Zeit gebraucht hat, sondern einen, der die richtigen Fragen stellt.«

»Ich habe in meinem ganzen Leben nichts Ordentliches gelernt«, murmelte Ridge und rieb sich die müden Augen. »Ich kann ihm nichts bieten. Außer dem ständigen Schatten meiner Vergangenheit, die ich noch nicht mal ganz aus der Gegenwart vertrieben habe.«

»Da lässt sich immer was finden, wenn man es will. Außerdem hat Hayden selbst noch ein wenig Ballast von früher, den er abwerfen muss. Die Cops suchen nach ihm, wie du wahrscheinlich weißt.«

Ridge nickte.

»Wie ich Frank kenne, wird ihm was einfallen, wie das zu lösen ist. Auf ihn ist Verlass. Für diesen Mann lege ich jederzeit alle vier Pfoten ins Feuer.«

»Danke.«

»Kein Ding. Aber lass dir gesagt sein, dass auch jene Pfoten im Feuer landen, die ihn antatschen, klar?«

Ridge musste lachen und hob beschwichtigend die Hände. »Ich behalt meine Pfoten bei mir. Oder bei Hayden, wenn er will.«

»Braver Hund«, grinste Don.

So beiläufig wie möglich fragte Ridge: »Was ist zwischen den beiden eigentlich gelaufen? Hatten die was miteinander?«

Nun war es Don, der lachte. »Ich erzähl's dir, aber dann müssen wir ein bisschen langsamer fahren, damit ich die ganze Story unterkriege.«

*

Alle Vorhänge waren vorgezogen und Hayden war wieder *an*gezogen. Frank hatte Pizza bestellt, die sie schweigend am Esstisch gegessen hatten. Hayden hatte nur ein einziges Stück hinunterwürgen können. Er kam kaum klar. Weder mit den Blicken, die Ridge und er sich über die Teller hinweg zugeworfen hatten, noch mit der Gastfreundschaft, die Frank und sogar Don ihnen angedeihen ließen.

Mittlerweile saßen sie auf dem Sofa beziehungsweise hatte Hayden den einsamen Fernsehsessel gewählt. Ridge hatte sich selbst auf die Couch manövrieren können, was hoffen ließ, dass die Wunde bald verheilt sein würde.

Bei einem Rundblick durch das Ess- und Wohnzimmer streifte sein Blick die vielen gerahmten Bilder, die meist Frank und Don zusammen zeigten. Auf einem waren zusätzlich zwei Leute, die verdächtig nach Franks Eltern aussahen.

Auf dem Boden vor dem Fernseher lag eine Playstation und zwei Controller ruhten auf dem Couchtisch. Er erkannte ein paar Spiele, die ordentlich aufgereiht in der schwarzen TV-Bank standen. Call of Duty, Titanfall, Battlefield.

Das alles interessierte ihn eher weniger, aber er brauchte etwas, das er anschauen konnte, um Ridges Blick ignorieren zu können.

Frank spülte die benutzten Teller und hatte Dons Hilfe abgewehrt. Der Junge brachte Ridge eine Flasche Bier. Hayden hatte mit leisem Dank abgelehnt.

»Du arbeitest also bei Hampton's Electronics?«, fragte Ridge interessiert.

Don steckte sich eine Zigarette an, warf sich neben Ridge aufs Sofa und griff sich ungeniert dessen Arm, um die Tätowierungen zu studieren. Seine Finger waren mit Ringen besetzt und ein paar Armkettchen baumelten um sein Handgelenk.

Hayden schluckte seine Eifersucht hinunter und bemerkte, dass Frank genauso dazu gezwungen war.

»Ja, tu ich. Ist nicht spannend, aber gutes Geld. Wer hat das hier gestochen?« Don deutete auf das Sternenbild.

»Der Mann heißt John Stewart. Ist ziemlich beliebt in meiner Stadt.«

»Zeig, was du noch hast.«

Na, wenn das mal nicht zweideutig war. Haydens Brauen zogen sich grimmig zusammen.

Ridge stellte das Bier ab und hob bereitwillig sein Shirt, was Hayden dazu brachte, auf seiner Unterlippe zu kauen. Musste der Arsch sich so präsentieren und seine Muskeln zeigen? War das denn wirklich nötig?

Frank leckte sich nervös die Lippen, wie er aus dem Augenwinkel sah. Machte Don ihn absichtlich eifersüchtig? Wäre sehr erfolgreich. Jetzt fuhr er mit dem Finger über Ridges Sixpack und lugte unter den Verband. Franks Miene veränderte sich, wurde unsicher und verletzlich.

Don nahm einen tiefen Lungenzug und blies den Rauch von Ridge weg. »Hast du auch Gesichter? Was Fotoplastisches?«

Ridge schüttelte den Kopf und bedeckte sich wieder. »Noch nicht.«

»Kennst du jemanden, der gut in sowas ist? Ich will mir das hier tätowieren lassen.« Er klemmte sich die Zigarette zwischen die Lippen und zog seine Brieftasche hervor, um ein Foto herauszunesteln. Bevor er es Ridge zeigte, warf er Frank einen Blick zu. Weich und liebevoll. Sein Lächeln offenbarte etwas, das Hayden ein warmes Gefühl in der Brust einbrachte. Der Junge würde Frank niemals absichtlich wehtun. Dass sie nun beide eifersüchtig waren, war nicht Dons Plan gewesen. Er war einfach nur offenherzig und interessiert.

»Eine Tätowierung?«, fragte Frank und kam näher, um über Ridges Schulter zu blicken. Als er das Bild von sich sah, stieß er Luft aus. »Don, du willst doch nicht ernsthaft deinen Körper mit sowas verschandeln?!«

»Verschandeln«, wiederholte Don missbilligend. »Nein, ich will mir dein Gesicht auf den Oberarm stechen lassen.«

»Das wirst du nicht«, konterte Frank und ging zurück in das Küchenabteil.

Don folgte ihm. »Wie gut, dass du das nicht zu bestimmen hast, Franky. Ich will was von dir bei mir haben. Für alle Ewigkeit.«

»Warum dann nicht einfach nur meinen Namen? Weshalb willst du dir mein blödes Gesicht auf den Arm tätowieren lassen?«

Don schien fassungslos, dann wurde er wütend. »Dein ... Was hast du da gerade gesagt?«

»Lassen wir das jetzt bitte. Wir sind nicht allein.«

»Das ist mir scheißegal! Sowas sagst du nicht mehr über den Mann, den ich liebe. Nie wieder! Ist das klar?«

Für einige Herzschläge kehrte Stille ein, dann murmelte Frank ein verlegenes *Ja*.

Don schob ihm die Finger in den Bart und küsste ihm die Wange. »Dein Gesicht ist wunderschön und ich will es auf meinem Arm haben.«

Hayden fühlte sich hundsmiserabel. *Er* hatte zu dem Knacks in Franks Ego beigetragen und mehr als einmal verbal auf dessen Schwachstellen eingeprügelt. Manchmal mit Absicht, weil er den Stachel seiner Mutter spürte und weitergeben wollte. Manchmal schon völlig automatisiert. Das Wort »Arschloch« benutzte er ohnehin inflationär und bei jeder Gelegenheit.

Ein klingelndes Handy riss ihn aus seinen Gedanken. Frank warf einen Blick auf das Display. »James. Das dritte Mal. Ich sollte rangehen.«

»Der wird dir die Freundschaft kündigen«, merkte Don an und stopfte den letzten leeren Pizzakarton in den Mülleimer.

»Wir werden sehen«, murmelte Frank und nahm ab, während er sich in den Vorraum verzog. »Was gibt's?«

Hayden würde seinen Gehörsinn als *gewöhnlich* beschreiben, aber sogar er konnte James' aufgebrachte Stimme hören, die knarrend aus dem Telefon kam.

»Siehst du doch, dass ich das getan habe.« ... »Er war mein Partner.« ... »Ist mir egal! Ich lass ihn nicht im Stich.«

Hayden schluckte hart und trocken. Seine Kehle tat weh.

»Wenn du es nicht erträgst, dass ich anderer Meinung bin als du, sollten wir überdenken, wie viel unsere Freundschaft wert ist.« ... »Fick dich, James.«

Damit war das Gespräch offenbar beendet.

»Das darf nicht wahr sein, wie viel Scheiße er daherredet«, brummte Frank, als er ins Wohnzimmer kam. »Manchmal frag ich mich, wie verbohrt ein einziger Mann sein kann.«

»Der kriegt sich wieder ein«, sagte Don. »Hoffe ich.«

Ridge runzelte die Stirn. »Sorry, dass meinetwegen so ein Chaos herrscht.«

»Ist ja nicht deine Schuld.« Frank rieb sich die Schläfe. Seine Miene war düster und besorgt.

Hatte Hayden soeben das Ende der Freundschaft zwischen James und Frank miterlebt? Hatte er es in die Wege geleitet und besiegelt?

Ruckartig stand er auf und floh auf die Veranda an der Rückseite des Hauses. Er widerstand dem Drang, in die Dunkelheit zu rennen und sich irgendwo draußen im Wald den Lauf seiner ehemaligen Dienstwaffe ins Maul zu stopfen. Stattdessen ging er ein paar Schritte auf und ab und ließ sich dann auf die Sitzbank fallen. Er vergrub das Gesicht in die Hände.

Ein paar Minuten verstrichen. Vielleicht auch nur Sekunden. Sein eigenes Blut, das ihm in den Ohren rauschte, machte ihm das Denken fast unmöglich.

Jemand trat zu ihm ins Freie. Schwere Schritte ließen die Holzlatten knarren. Gleich darauf setzte sich jemand neben ihn.

»Was ist los?« Es war Frank.

»Ich war immer so verflucht neidisch und eifersüchtig auf James.«

»Auf James?« Er zog den Namen in die Länge. »Weswegen?«

»Deinetwegen. Du wolltest mich nicht als Partner, als ich zu euch versetzt wurde. Du wolltest weiterhin mit James fahren. Ich war neidisch auf eure Freundschaft und darauf, dass du ihm immer den Vorzug gegeben hast, wenn es darauf ankam. Ich kann's dir nicht verübeln, weil ich ein Arschloch bin, aber trotzdem wollte ich ... ich wollte, dass du mich magst. Ich wollte dein Freund sein. Ich wollte sein wie du.«

»Dazu hättest du allerdings ein wenig mehr essen müssen.«

»Das ist kein Witz, Frank. Ich mein's ernst.«

»Ich seh nicht, was daran erstrebenswert sein sollte, so zu sein wie ich.«

»Du besitzt Integrität, bist ehrlich und ehrenhaft. Korrekt. Du bist ein toller Schütze und ein noch besserer Autofahrer. Du bist nie ein Arschloch.«

»Das sieht James nach heute Nacht anders.«

»Es ist meine Schuld. Ich wollte das nicht. Es tut mir leid. Alles, was ich dir angetan habe. Und jetzt komm ich zurück und mach genau da weiter, wo ich aufgehört habe. Ich ruiniere dein Leben.«

»*Ich* habe eine Entscheidung getroffen«, widersprach Frank.

»Das wäre aber nicht nötig gewesen, wenn ich nicht aufgetaucht wäre. Nick hat recht. Meine verdammte *Mutter* hat recht. Ich bin ein wertloses Stück Scheiße.« Ein Schluchzen drang an seine Ohren und er brauchte einen Moment, um zu begreifen, dass es über seine eigenen Lippen gekommen war. »Ich sollte mich erschießen, aber nicht mal dazu hab ich genug Anstand.«

»Solltest du nicht«, erwiderte Frank hart und beißend. »So einen Dreck will ich nicht mehr hören.«

»Ist doch wahr! Ich fahr alles gegen die Wand, Mann!«

»Hayden, sieh mich an, verdammt.«

Kopfschüttelnd verbarg er sein verheultes Gesicht.

Frank sprach trotzdem weiter. »Du sagst, du willst mein Freund sein. Und behauptest, ich hätte dir nicht die Gelegenheit dazu gegeben.«

»Nein! Das hab ich nicht gesagt. Ich bin derjenige, der's versaut hat.«

»Ja, und trotzdem, trotz *allem*, bist du hier in meinem Haus. Was sagt dir das?«

»Dass du zu gut für diese Scheißwelt bist.«

»Kann sein«, murmelte Frank. »Was noch?«

»Ich weiß es nicht.«

»Dann denk stärker darüber nach.«

Hayden bemühte sich, einen klaren Gedanken zu erhaschen, doch es wollte ihm nicht gelingen. Seine Lunge tat weh, als hätte sein kräftiger Herzschlag sie kaputtgehauen. Das Atmen fiel ihm schwer, vor allem, da er weitere peinliche Schluchzer vermeiden wollte, die Tränen aber unaufhörlich hervorquollen.

Ein schwerer, kräftiger Arm legte sich um seine Schulter. »Das heißt, dass ich dir noch eine Chance gebe.«

In einem Heulkrampf krümmte Hayden sich zusammen und warf sich Frank an die breite Brust. Er wurde festgehalten. Das hatte er nicht verdient. Aber er genoss es wie ein zum Tode Verurteilter seine Henkersmahlzeit.

»Wir stehen das durch. Es gibt nichts, was sich nicht wieder in Ordnung bringen lässt«, murmelte Frank und tätschelte ihm den Rücken.

Hayden bemühte sich um ein Nicken und wollte sich bedanken, bekam jedoch keinen Ton hervor – außer einem Wimmern.

»Darf ich übernehmen?« Ridges tiefe Stimme ließ ihn zusammenzucken.

»Natürlich.« Frank rubbelte ihm noch einmal die Schulter, bevor sie sich voneinander lösten und er nach drinnen ging.

»Gott, ist das peinlich. Sorry«, brachte Hayden mühsam hervor und wischte sich übers Gesicht, das nicht so nass war, wie er erwartet hatte. Wahrscheinlich hatte er zu allem Übel auch noch Franks Hemd feucht gemacht.

»Ich find's nicht peinlich«, erwiderte Ridge leise und setzte sich zu ihm. »Aber ich nehme an, damit willst du mir signalisieren, dass du dich von mir lieber nicht trösten lassen möchtest.«

Das hatte er ganz und gar nicht sagen wollen. Aber darum bitten konnte er nun auch nicht, wenn er nicht gänzlich das Gesicht verlieren wollte. Seine Würde war ihm ohnehin schon abhandengekommen.

»Oder doch?«, fragte Ridge in einem Flüstern. »Sag bitte was, Hayden.«

Er war gerade nicht dazu fähig, weil der Mann an seiner Seite ihn sprachlos machte. Das Kribbeln im Bauch trug nicht zu seiner Gesprächigkeit bei.

Ridge wirkte besorgt ob des Schweigens und musterte ihn aus seinen schönen, dunklen Augen. »Magst du mich noch?«

Zur Antwort griff Hayden nach seiner Hand und verschlang seine Finger mit den viel kräftigeren des anderen. Stromstöße wurden durch seinen Körper gesandt. Gott, ja! Und *wie* er ihn mochte!

Ridge atmete hörbar erleichtert aus und sah auf ihre Hände hinab, während er ihn mit dem Daumen streichelte. »Ich lass mir was einfallen. Wegen Slick. Sobald er zurück ist, rede ich mit ihm und ... kündige einfach. Dann bin ich frei und wir können hingehen, wo immer du hingehen willst.«

War das sein Ernst? Würde er seinetwegen alles aufgeben? Um gemeinsam mit ihm was Neues aufzubauen? Kannten sie sich denn gut genug, um einen so großen Schritt zu wagen? Wusste Ridge genug über ihn, um sich sicher sein zu können, dass er das wirklich wollte? Zudem zweifelte er stark daran, dass Slick ihn *einfach kündigen* ließ, aber darüber wollte er jetzt nicht nachdenken.

In seinem Hals bildete sich ein dicker Kloß. »Wie war dein Leben bei diesem Novak, als du ein Kind warst? Hat das alles sofort angefangen, oder ... keine Ahnung.«

»Peer hat den Vater gespielt. Streng, aber gerecht. So wollte er sich gerne sehen, aber er war alles andere als gerecht. Seit ich denken kann, musste ich die Wandlung perfektionieren, trainieren. Um stark zu sein, um den Wolf stark zu machen. Zumindest durfte ich zur Schule gehen, bis ich zehn war. Ich hatte keine Freunde oder so, aber trotzdem war es eine Erleichterung, in diesem Gebäude zu sitzen anstatt bei Peer.«

»Warst du gut in der Schule?«

Ridge senkte den Kopf und schüttelte ihn verneinend. Seine Wangen bekamen etwas Farbe. »Nein, ich ... ich war überfordert. Die meiste Zeit konnte ich mich nicht konzentrieren. Und Zuhause war nicht ans Lernen zu denken. Peer hat jede Minute des verbleibenden Tages vollgestopft. Lauftraining, Krafttraining, Wandlungstraining, Training in Wolfsgestalt. Er hat mich gedrillt wie einen Polizeihund. Härter, vermute ich. Jedenfalls sind wir dann irgendwann hierher gezogen.«

»Du bist gar nicht von hier?«

»Minnesota.«

»Okay, von Minnesota nach Washington ist jetzt nicht so das Riesending.«

Ridge schnaubte amüsiert. »Nach dem Umzug in den Sommerferien ließ er mich nicht mehr in die Schule gehen, sondern hat angegeben, mich Zuhause zu unterrichten. Das hat er dann auch. Aber nicht nach dem Lehrplan des Staates, sondern nach seinem eigenen. Wenn ich nicht schnell, nicht gut oder nicht brutal genug war, gab es Schläge. Prügel, Peitschenhiebe, heißes Eisen.«

Die vielen Narben. Ridges Adamsapfel bewegte sich in einem Schlucken. Die Erinnerung quälte ihn ganz offensichtlich.

»Was beinhaltete sein Lehrplan?«, fragte Hayden.

»Waffenkunde, Militärtraining, Foltermethoden. Wie breche ich jemandem mit bloßen Händen das Genick«, murmelte Ridge mit wankender Stimme. »So'n Zeug.«

Hayden drückte sanft Ridges Hand. Er konnte sich nicht vorstellen, was dieser Mann durchgemacht hatte. Wer könnte das schon? Es war surreal. Und doch so echt, dass es einem die Kehle zuschnürte und den Magen zerquetschte.

»Zusammenfassend kann man sagen, dass ich dir jemanden auf hundert verschiedene Arten umlegen kann, aber wenn du ein intellektuelles Gespräch mit mir führen möchtest, muss ich dich enttäuschen«, fuhr Ridge bitter fort.

»Du bist nicht dumm«, konterte Hayden. »Wir haben uns sehr gut unterhalten damals beim Abendessen, oder etwa nicht?«

»Denke schon. Ich zumindest«, kam kaum hörbar zur Antwort.

»Ich auch, Ridge.«

»Hm.«

Hayden wusste nichts zu sagen. Wie konnte er Ridge begreiflich machen, dass seine Zweifel unnötig waren? Er empfand ihn in keiner Weise als dümmlich. Die meisten Dinge, die sie einem an der Schule beibrachten, waren sowieso belanglos für das alltägliche Leben.

Eine schwarze Katze trottete durchs Gras auf sie zu, hielt kurz inne, um sie zu mustern, und ging dann mit hoch erhobenem Schwänzchen ins Haus. Hatten Frank und Don eine Katze?

»Wie hat Slick dich befreit?«, fragte Hayden. »Du hast nichts darüber gesagt.«

»Er hat bei Nacht und Nebel die Villa überfallen und sich Peer entgegengestellt. Der Rest ist Geschichte.«

»Ein Blutbad?«

»Ja. Slick ist gerissen und hat es geschafft, es aussehen zu lassen, als wären die Männer sich gegenseitig an die Kehlen gegangen.«

»Vielleicht wollen die Cops auch nicht sehen, was Slick treibt. Ich war selbst einer seiner korrupten Stellen, an die er sich jederzeit wenden konnte.«

»Gut möglich«, meinte Ridge und warf ihm einen flüchtigen Seitenblick zu. »Erzählst du mir jetzt von deiner Mutter?«

Sofort verspannte er sich. »Was willst du wissen?«

»Du kannst sie nicht leiden.« Keine ordentliche Antwort auf die Frage, aber Hayden wollte nicht kleinlich sein.

»Ich hasse sie. Und sie hasst mich. Hat mich drangsaliert und herumgeschubst, soweit ich zurückdenken kann. Mein Dad war anscheinend ein Arschloch, das sie hat sitzen lassen. Also musste ich ihrer Meinung nach genauso ein Arschloch sein. Sie wollte mich wegmachen, als ihr dämmerte, dass der Kerl nicht zurückkommt. Aber da war's schon zu spät.« Seine Augen brannten wieder, aber er beherrschte sich. In letzter Zeit hatte er oft genug den Schwächling gegeben. Das musste vor Ridge echt nicht sein.

»Als ich sechzehn war, hat sie die ... die Pornohefte unter meinem Bett gefunden. War nicht nach ihrem Geschmack, dass da Männer statt Frauen auf den Bildern zu sehen waren.« Danach war er statt dem Schwächling die Tunte oder wahlweise auch die Schwuchtel gewesen. »Mein Onkel und sie sind sich nie einer Meinung, aber wenn es darum geht, mich fertigzumachen, sind sie ein Herz und eine Seele. Hab ich also doch was Gutes getan in meinem Leben, immerhin hab ich die Familie näher zusammengebracht.«

»Hey«, murmelte Ridge und machte Anstalten, ihm den Arm um die Schultern zu legen, aber Hayden wich zurück.

»Warte, ich ... ich muss dir noch was sagen. Kann sein, dass du mich dann nicht mehr willst.«

»Kann ich mir nicht vorstellen«, gab Ridge zurück und sah ihm in die Augen. Ein besitzergreifendes Funkeln glomm in den seinen auf.

»Ich hab Frank übel mitgespielt«, würgte Hayden hervor. »Hab ihn mit in mein Apartment genommen und ihn, wie schon viele andere, bei ... bei 'nem Blowjob gefilmt, um ihn zu erpressen.« Er konnte Ridge nicht in die Augen sehen. »Das hat schleichend angefangen. Meine Mutter hängt schon ewig an der Dialyse, ich brauchte dringend Geld, um ihr das zu bezahlen, und dann hab ich erst für Slick und Johnson einige Male beide Augen zugedrückt. Als Johnson irgendwann auf mich zugekommen ist und gefragt hat, ob ich ein schmutziges Video für ihn drehen würde, hab ich einfach Ja gesagt. Es war effektiv. Die meisten dieser Kerle sind nicht geoutet, da ist so ein Video viel Kohle wert. Und da ... hab ich weitergemacht.« Ihm war schlecht und seine Eingeweide zogen sich zusammen. Am liebsten würde er im Erdboden versinken. Vor Scham und Schuld. Wie könnte Ridge ihn jetzt noch wollen?

»Das mit Frank wusste ich schon«, sagte Ridge sanft. »Don hat mir auf der Fahrt hierher alles erzählt, was ich wissen muss. Du musst dich vor mir nicht rechtfertigen. Auch wenn ich deine Offenheit zu schätzen weiß. Danke, dass du dich mir anvertraut hast.«

»Was?«, stammelte Hayden. »Wie kannst du ... Nachdem ich ...«

Zur Antwort legte Ridge die Arme um ihn und zog ihn an sich. An seinen warmen, muskulösen, wunderschön tätowierten Körper, den Hayden jeden Morgen beim Aufwachen neben oder auf sich spüren wollte.

Womit hatte er das verdient? Keuchend umfasste er Ridge und drückte sich an ihn, soweit es dessen Wunde zuließ. Warme Lippen küssten seinen Scheitel und er schloss die Augen, um sich einzig und allein auf den Mann zu konzentrieren, dem sein Herz gehörte.

✳

Frank und Don hatten ihnen ihr Bett überlassen und nächtigten im Wohnzimmer auf der Couch. Ridge hatte protestiert, weil er es nicht mochte, wenn sich Leute seinetwegen Umstände machten. Aber die beiden hatten keinen Widerspruch akzeptiert. Frank hatte gemeint, mit seiner Verletzung müsse Ridge die Nacht in einem ordentlichen Bett verbringen. Der Schmerz, der ab und an in Wellen durch seinen Körper rollte, gab dem Cop recht. Hier war es zumindest gemütlich und er konnte sich ausstrecken.

Hayden kam gerade in Shirt und Shorts aus dem Badezimmer. Sein Haar war nass. Scheiße, er war heiß. Und verdammt süß.

Ridge war vorhin im Bad gewesen, um Hayden hinter dem Duschvorhang begaffen zu können. Äh, halt nein. Um sich die Zähne zu putzen! Hayden hatte den Eindringling nicht sofort bemerkt, deswegen wusste Ridge jetzt, dass sein kleiner Bulle unter der Dusche Robert Palmer summte.

»Hast du deine Tablette schon genommen? Brauchst du noch was? Ein Glas Wasser?«, fragte Hayden.

»Nein, alles erledigt. Danke.« Seine Stimme war so leise und rau, dass er sich räusperte und auf eine Besserung hoffte. »Mir haben vorhin die Worte gefehlt, aber ich habe durchaus was dazu zu sagen.«

»Wozu?«

»Zu deiner Mutter.«

»Du musst nichts dazu sagen. Das hab ich nicht erwartet. Was gibt es da auch groß zu bequatschen?« Mit betonter Gelassenheit stieg Hayden neben ihm ins Bett und schlüpfte unter das Laken.

»Davon abgesehen, dass deine Mutter ein verdammt schlechter Mensch ist, hat sie keine Ahnung, was sie verpasst, wenn sie dich von sich stößt.«

»Was soll sie da verpassen? Ich komme ja leider ziemlich nach ihr, wie man sieht. Der Apfel fällt halt doch nicht weit vom Stamm.«

»Das sehe ich anders. Du hast vielleicht ein wenig über die Stränge geschlagen, aber du bist ein guter Mann mit einem guten Herzen.«

»Bitte red nicht so«, murmelte Hayden gepresst und von ihm abgewandt.

»Warum soll ich die Wahrheit nicht sagen?«

»Weil das nicht die Wahrheit ist, sondern ein Fantasiebild, das du von mir zeichnest. Wie soll ich es schaffen, dich *nicht* zu enttäuschen, wenn du so hohe und unrealistische Erwartungen an mich hast?« Er klang verzweifelter, als es die Situation erforderte.

»Du wirst mich nicht enttäuschen, Hayden. *Ich* bin derjenige, der was beweisen muss. Nicht du.«

»Mir musst du nichts beweisen.«

»Willst du behaupten, du vertraust mir voll und ganz?«, fragte Ridge spöttelnd und sah in blaue Augen, die ihm einen kurzen Blick gönnten.

»Genau das will ich damit sagen, ja.«

»Und ich glaub dir kein Wort.«

»Ach ja? Dass du mir das offen ins Gesicht sagst, schreit eigentlich nach einer Bestrafung«, sagte Hayden und grinste schüchtern. »Aber ich muss dich verschonen, weil du verletzt bist. Echt beschissenes Timing.«

»Darf ich mir also alles erlauben, solange das nicht verheilt ist?«

»Muss wohl so sein, aber betrachte es nicht als Freifahrtschein. Ich mache mir zu jedem Fehltritt eine Notiz. Die Quittung bekommst du später.«

»Ganz der Bulle. Penibel und korrekt.«

»Ach, halt die Klappe, du Fiesling«, murmelte Hayden und beugte sich vor, um ihm die Wange über dem Bart zu küssen. Als er sich zurückziehen wollte, griff Ridge ihm in den Nacken.

Hayden schnaubte und klang belustigt. Seine Lippen liebkosten Ridges Haut, streiften seinen Mund, legten sich mit zartem Druck darauf. Er musste schlucken und rutschte unwillkürlich näher Richtung Haydens Bettseite. Der Mann war ihm eindeutig zu weit weg. Er vergrub die Finger in feuchten Strähnen, die sich glatt und frisch anfühlten. Seine Zunge drang in einen warmen Mund ein und wurde tiefer in diesen gesaugt, was ihm ein Stöhnen entlockte.

Hayden erforschte seine Brust über dem Stoff. Seine Finger hinterließen brennende Spuren und jagten Schauer über Ridges Rücken.

Als Hayden nach unten rutschte und ihn an den Haaren nach hinten zog, um ihm den Hals zu küssen, stöhnte er laut. Eine Hand schlüpfte unter sein Shirt, streichelte seine Muskeln, bedachte seine Brustwarzen mit Zärtlichkeiten. Dann glitt sie tiefer, berührte seinen harten Schwanz über den Shorts, die ihm gleich darauf abgestreift wurden. Er begann fast zu sabbern, als Hayden ihn in die Hand nahm.

Sobald sein kleiner Bulle sich jedoch zwischen seine Beine knien wollte, griff er nach dessen Oberarm. »Ich konnte mit dem Scheißverband nicht duschen. Glaub kaum, dass die Katzenwäsche mit dem Lappen ausreichend war für das hier.«

»So gut, wie du riechst, hat sie mehr als gereicht«, kam leise zurück. Gleich darauf wurden seine Hoden umfasst und seine Männlichkeit verschwand in einem heißen, feuchten Mund. Nicht tief, dafür umso erregender.

Ridge biss die Zähne zusammen, um nicht laut zu werden, und presste bloß ein Knurren hervor. Er klammerte sich mit der Linken an die Kopfstütze des Bettes, mit der Rechten streichelte er Haydens Hinterkopf. Die Hüften hielt er völlig still, obwohl er lieber zustoßen würde. Aber noch lieber wollte er Hayden machen lassen. Genießen, wie er ihr Zusammensein gestaltete. Ihm die Macht übergeben.

Und es lohnte sich. Die Streicheleinheiten, die er bekam, brachten ihn fast mehr um den Verstand, als die weichen Lippen, die sich abwechselnd um seine Hoden und seine Latte kümmerten. Haydens Atem kitzelte ihm die Haut.

»Gefällt's dir?«, fragte Hayden heiser. Vermutlich, weil Ridge sich kaum rührte, sondern angespannt seine Erregung bezähmte.

»Scheiße, ja«, würgte er rau hervor und erschauerte, als Hayden ihm die Vorhaut zurückschob und mit der Zunge seine Eichel umkreiste. Dann half sein heißer Bulle mit der Hand nach, glitt mit den Fingern seinen Schwanz auf und ab, während er den Spalt an seiner Spitze leckte.

»Ich komme«, murmelte Ridge in seinen Bart und schob Hayden sachte von sich, doch der gab ihn nicht frei, sondern ließ seinen Griff fester werden und beschleunigte das Tempo. Mit einem Aufbäumen kam er in Haydens Mund und genoss, dass er länger als nötig dessen feuchte Hitze um sich spürte.

Hayden bedeckte seinen Schaft mit Küssen, dann die Haut am unteren Rand des Verbandes, schließlich legte er sich vorsichtig auf ihn. Ihre Lippen fanden einander, während Hayden sich leise stöhnend an ihm rieb und sich fühlbar in seine Shorts verströmte, als Ridge ihm an den Hintern fasste und den Druck verstärkte.

Schwer atmend sank Hayden mit dem Kopf an seine Schulter und vergrub das Gesicht an seinem Hals. Ridge nahm ihn in die Arme und hielt ihn fest. Er wollte seinen kleinen Bullen nicht verlieren. Und was man nicht verlieren wollte, hielt man am besten ganz nah bei sich.

*

Hayden kam aus dem Schlafzimmer, da leerte Frank seinen Kaffee und legte die Zeitung beiseite. »Fuck, ich muss los«, murmelte er gehetzt. »Guten Morgen, Hayden. Ich rede heute mit dem Chief, ja?«

»Danke«, konnte Hayden noch sagen, ehe der Mann an ihm vorbeihuschte.

»Bis nachher, Franky. Ich liebe dich. Und ich passe auf, dass unser Besuch keinen Mist anstellt, während du weg bist.« Don begleitete Frank bis zur Haustür, wo sie aller Wahrscheinlichkeit nach rumknutschten. Zumindest konnte er es sich bildlich vorstellen und musste lächeln.

Irgendwo dröhnte *Insomnia* von Craig David aus den Lautsprechern.

Unschlüssig stand er vor dem Tisch, an dem Frank und Don offenbar zusammen gefrühstückt hatten und der darüber hinaus zwei unberührte Gedecke beherbergte. Ein halbes Brötchen mit beerenroter Marmelade lag auf dem Teller vor Dons Platz. Gleich darauf kam er zurück. »Setz dich. Kaffee?«

»Bitte«, erwiderte Hayden und nahm zögerlich Platz.

»Bedien dich. Wir wollen ja nicht, dass ihr verhungert«, meinte Don grinsend.

Hayden wollte Franks Gespräch mit dem Chief aus seinen Gedanken vertreiben und dachte stattdessen an letzte Nacht. Sie waren eingeschlafen, ohne noch mal miteinander gesprochen zu haben. Dabei fragte sich Hayden doch die ganze Zeit, ob er was falsch gemacht hatte. Er konnte sich nicht erinnern, sich schon mal davor gefürchtet zu haben, einen Blowjob zu vermasseln. Aber Ridge war so passiv gewesen. Und leise. Sowas war er nicht gewohnt. Allerdings war er es ja auch nicht gewohnt, solche Dinge aus Liebe zu machen, also was wusste er schon?

»Gut geschlafen?«, fragte Don und leistete ihm samt einer riesigen Tasse Kaffee Gesellschaft.

»Ja, danke.« In leichter Konversation war er ebenso ungeübt wie im Sex aus Zuneigung. Er räusperte sich und griff nach einem Brötchen, um reichlich Schinken und Käse draufzupacken.

»Brauchst du da keine Butter drunter?«, fragte Don mit vollem Mund.

»Ich mag's lieber etwas trockener.« Verlegen biss er in sein Frühstück und kaute langsam.

»Okay. Hm, hast du irgendwas anzubieten? Zur Wiedergutmachung. Du hast mich im Patterson's wie einen ziemlichen Trottel dastehen lassen.«

Hayden spülte den Bissen mit Kaffee hinunter. »Es tut mir leid.«

»Deine reuig gemurmelten Sorrys und der Hundeblick ziehen bei mir nicht halb so sehr wie bei Frank. Da musst du dir schon was Besseres einfallen lassen.«

»Hast du denn einen Vorschlag? Ich bin nicht besonders ... versiert in sowas.«

»Merkt man«, konterte Don schmunzelnd und hob den Blick, als Ridge den Raum betrat. »Ich denk drüber nach.«

»Guten Morgen.« Mit einem sinnlichen Lächeln auf den ebenso sinnlichen Lippen setzte Ridge sich zu ihnen und bedachte Hayden auf eine Weise, die es ihm heiß werden ließ. Es hatte ihm also doch gefallen letzte Nacht.

»Oh Gott«, stöhnte Don theatralisch. »Ich kenne diesen Blick! Ihr habt es in unserem Bett getrieben!«

Ridge musste lachen, während Hayden versuchte, seine hochroten Wangen hinter Brötchen und Kaffeetasse zu verstecken.

»Schon überlegt, was du in deinem neuen Leben mit dir anfangen willst, Ridge?«, wollte Don wissen und stand auf, um ihm Kaffee zu holen.

»Vielleicht ... was mit Motorrädern.«

»Hast du denn Ahnung davon?«

»Nur davon, wie man sie fährt.«

»Nicht besonders hilfreich. Wie wär's mit Tätowierer?«

»Ich bin künstlerisch in etwa so begabt wie ein Stein.«

»Dann lieber nicht. Das mit der Körperverletzung wolltest du ja hinter dir lassen.«

»Eigentlich schon. Es darf auch nichts sein, wofür ich ewig die Schulbank drücken muss. Ich bin nicht so gebildet und wir brauchen immerhin Geld.«

»Ich werde ja auch was arbeiten, du musst das nicht allein stemmen oder mich irgendwie aushalten«, mischte Hayden sich mit gerunzelter Stirn ein.

»Vielleicht will ich das aber«, erwiderte Ridge ernst. »Für dich sorgen.«

»Wie wär's, wenn ihr gemeinsam für euch sorgt?«, schlug Don vor und sah sie an, als wären sie die größten Trottel. »Wie in einer ganz modernen Beziehung, in der beide Partner gleichberechtigt sind. Tolles Konzept.«

»Und hast du auch eine Idee, wie wir das hinbekommen?«, fragte Ridge lächelnd.

»Klar. Die beste Idee von allen.«

»Die wäre?«

»Privatdetektive.«

»Was?«, fragten Ridge und Hayden wie aus einem Mund.

»Der Ex-Cop und der Ex-Schläger, das ist perfekt. Ihr ergänzt euch auch ziemlich gut, muss ich sagen. Soweit ich das jetzt schon beurteilen kann. Einen Hacker mit viel Fachwissen und ausgezeichnetem Equipment hättet ihr im Übrigen ebenfalls an der Hand.« Er deutete sich in einer jungenhaften Geste mit dem Daumen gegen die Brust. »Alles total legal natürlich«, fügte er mit sich überschlagender Stimme hinzu und winkte ab, als sie ihn irritiert ansahen. »Sorry, aber immer, wenn ich sowas sage, hab ich das Gefühl, dass Frank sich irgendwo nach mir umdreht und böse dreinschaut, bis ich beteuere, dass ich sauber bin.«

Ridge sah ihn über den Tisch hinweg an. »Was denkst du?«

Hayden schüttelte lachend den Kopf. »Ist das dein Ernst? Du ziehst das ohne Scheiß in Betracht?! Detektive?«

»Weiß ja nicht«, murmelte Ridge verlegen und zuckte die breiten Schultern, die Hayden gerne küssen würde. »Wäre nicht das erste Mal, dass ich Leute beschatte. Bin ganz gut darin.«

»Aber wir können doch nicht ...« Hayden schüttelte erneut den Kopf, aber ihm fiel nicht ein, wie er den Satz vollenden sollte. Warum konnten sie eigentlich nicht? Zumindest würden sie auf diese Weise mehr Zeit zusammen verbringen und es bestand durchaus die Möglichkeit, dass es ihnen gefiel. »Na ja, man könnte es ja mal versuchen.«

Ridges Gesichtsausdruck war unbezahlbar. Er schien sich allen Ernstes für diese Geschichte mit der Detektei zu erwärmen.

Auch Don strahlte. »Everard/McVaine, wie geil das klingt! Wie aus 'nem Film. Und ich bin euer Mann in den Schatten. Ridge, du musst dir unbedingt so eine Sherlock Holmes-Silhouette irgendwohin tätowieren und die müsst ihr dann auf eure Visitenkarten drucken und natürlich auch auf das Schild üb-«

»Vielleicht fangen wir mal klein an«, unterbrach Hayden ihn vorsichtig. »Am besten warten wir erst ab, mit welchen Neuigkeiten Frank zurückkommt.«

»Der kriegt das hin, mach dir keinen Kopf. Er hat schon vor der Morgendusche mit James telefoniert. Ich glaube, die vertragen sich wieder halbwegs oder ziehen in deiner Angelegenheit zumindest an einem Strang.«

»Ich lande also im Knast, Danke für die Vorwarnung«, murmelte Hayden.

Don grinste. »Blödmann.«

»Kann das passieren?«, fragte Ridge und ließ das Brötchen sinken, in das er gerade hatte beißen wollen.

Hayden mied seinen Blick. »Sicher kann das passieren.«

»Sicher *nicht*«, widersprach Don. »Frank hat gesagt, er holt dich da raus, also tut er das auch.«

»Es liegt vielleicht nicht in seiner Macht, mich vor den Konsequenzen meines eigenen Handelns zu schützen.«

»Dann bring ich dich von hier weg.« Ridge erhob sich vehement, was ihm seiner Miene nach zu urteilen Schmerzen in der noch zu frischen Verletzung einbrachte. »Und zwar jetzt gleich. Ich lass nicht zu, dass du ins Gefängnis gehst.«

Hayden versetzte seinem Teller einen Schubs. Das Besteck klirrte. »Ridge, ich will nicht für alle Zeit davonrennen und mich verstecken wie eine Kanalratte!«

»Leute, chillt mal!« Don deutete ihnen mit den Händen, sich zu beruhigen. »Könnt ihr Frank das bitte einfach regeln lassen? Ja? Ist das möglich?«

»Versprichst du, dass er Hayden beschützen kann?«, fragte Ridge mit drohend erhobenem Zeigefinger.

Dons Augenbrauen schnellten in die Höhe, doch er wirkte nicht sonderlich eingeschüchtert. »Spar dir deine stummen Warnungen, mein Mann zielt mindestens genauso gut wie du. Und ja, ich versprech's.«

Während Ridge sich wieder setzte, holte Hayden tief Luft. Er wollte nicht mehr weglaufen, sondern sich dem stellen, was kommen mochte. Er hoffte nur inständig, dass Dons unerschütterliches Vertrauen in Frank mehr Grundlage besaß, als dessen Liebe zu ihm. Aber auch er war bereit, seine Zukunft in Franks Hände zu legen.

Plötzlich musste er schmunzeln, weil ihm aus heiterem Himmel etwas auffiel.

»Was ist so lustig?«, fragte Don nach einem Schluck aus seiner Tasse, aus der es fast schon penetrant nach Früchtetee roch.

»Ridge hat ja diese kleine Batman-Figur an seinem Schlüsselbund und mir ist gerade eingefallen, dass du mir damals als *the dark knight* geschrieben hast.«

Don wirkte für einen Moment verwirrt, dann nickte er anerkennend. »Siehst du, du fängst schon an, wie ein Detektiv zu denken.«

Daraufhin lachten sie alle und auf einmal schmeckte ihm sogar das Frühstück.

10

»James und ich holen dich ab. Der Chief will mit dir reden.«

Viel mehr hatte Frank am Telefon nicht gesagt und Hayden hatte sofort den Kochlöffel weggelegt. Nachdem Don zu Mittag mit Frank irgendwo in der Stadt gegessen hatte und dann zur Arbeit gegangen war, hatte Hayden sich daran gemacht, ein Drei-Gänge-Menü für den Abend vorzubereiten. So als ersten Schritt auf dem langen Weg in Richtung Wiedergutmachung.

»Frank holt mich ab. Du musst das hier bitte fertig machen«, krächzte er Ridge zu und drückte ihm das Werkzeug in die Hand, um es aus seiner zitternden zu bekommen.

»Hayden, ich hab keine Ahnung vom Kochen. Du musst schon etwas genauer sein, wenn du willst, dass das nicht alles in den Müllschlucker wandert.«

»Die Rezepte liegen doch hier auf dem Küchentisch.«

»Hayden, w...was, wenn ich nicht lesen kann?«

Für eine Sekunde lenkte ihn das von seinem bevorstehenden Kreuzgang an. »Du verarschst mich doch.«

Ridge grinste schelmisch. »Ein bisschen.«

»Dann bin ich des Essens wegen erleichtert.«

»Nur des Essens wegen?«

»Klar«, erwiderte Hayden und schlüpfte in seine Schuhe, während Ridge sich gegen die Wand lehnte, um ihn zu beobachten. »Es wäre vielleicht sogar ganz heiß gewesen, es dir beizubringen. Mit Strafen wie beim Strip-Poker oder so. Uns würde da schon was einfallen. Jedenfalls ist mir scheißegal, ob du lesen kannst oder nicht. Ich würde dich genauso sehr lieben, wenn du's *nicht* könntest.« Er erhob sich und griff nach den Sachen, die er auf Franks Befehl hin hergerichtet hatte – Uniform, Marke, Waffe. Dann hob er den Blick.

Ridge sah drein, als hätte ihn der Schlag getroffen, und Hayden erstarrte, denn erst da wurde ihm bewusst, was er soeben gesagt hatte.

»Was?«, hakte Ridge kaum hörbar nach.

Hayden war nicht fähig, den Mund aufzumachen. Sollte er es wiederholen? Oder bestreiten, seine Liebe gestanden zu haben?

Ein Herzschlag. Zwei Herzschläge. Drei Herzschläge.

Jemand hupte vor dem Haus. Es gab also doch einen Gott! Halleluja!

Ab heute würde er jeden Sonntag in die Kirche gehen. Na gut, vielleicht zumindest diesen Sonntag. Ach was, ein schnelles Dankeschön in den Himmel gemurmelt musste reichen.

»Ich muss los«, würgte er hervor und machte auf dem Absatz kehrt.

»Hayden!« Ridge wollte ihn am Arm packen, aber er war schneller aus der Tür, als sein riesiger Kerl sich bewegen konnte.

Er sprang auf den Rücksitz des Polizeiwagens und musste sich zusammenreißen, um Frank nicht anzuschreien, aufs verdammte Gas zu treten.

Warum hatte er diese verfluchten drei Worte ins Spiel gebracht? Natürlich entsprachen sie der Wahrheit! Aber das hätte er doch nicht sagen müssen! Sowas hatte man für sich zu behalten, Herrgott noch mal!

Er wischte sich übers Gesicht, dann prasselte die Realität wie Hagel auf ihn ein. In wenigen Minuten würde er dem Chief gegenüberstehen und sich für seine Taten rechtfertigen müssen. Das Blöde war nur, dass es keine Entschuldigung gab, für das, was er getan hatte.

James saß verkrampft auf dem Beifahrer, während Frank recht gelassen wirkte.

Hayden starrte durch das Gitter nach vorne und erkannte an der Delle genau in der Mitte, dass das hier Franks und sein Wagen war. Ein ausrastender Betrunkener hatte mit den Füßen gegen die Abtrennung getreten. Hayden wäre fast ausgestiegen und hätte dem Arschloch eine geknallt. Frank hingegen hatte sich seine halb leere Cola geschnappt und sie dem Trottel ins Gesicht geschüttet. Das hatte für genug Abkühlung und eine ruhige Fahrt aufs Revier gesorgt.

Jetzt manövrierte Frank dieses Auto jeden Tag mit *James* an seiner Seite durch die Straßen. Scheiße, wie eifersüchtig konnte man eigentlich sein?!

Eine Grimasse schneidend wandte er den Blick aus dem Fenster. Er wollte die Zeit zurückdrehen. Wollte wieder ein Cop sein. Franks Partner. Der korrekte, kleine Bulle, den Ridge in ihm zu sehen wünschte.

»Ich kann nicht glauben, dass ich das wirklich tue«, sagte James plötzlich. »Das verstößt gegen alle meine Prinzipien.« Er sah den schweigenden Frank an und ließ nicht locker. »Weißt du, es kommt mir fast so vor, als würdest du in Everard irgendeine wiederauferstandene Baseball-Legende vermuten, die wir vor der bitterbösen Welt bewahren müssen. Meine Güte, fahren wir etwa die Reinkarnation von Babe Ruth herum?«

Frank gab ein winziges Lachen von sich.

»Schlechtes Beispiel«, murmelte Hayden.

»Ach ja? Und warum, wenn ich fragen darf?«, fuhr James ihn an.

»Ruth spielte für die Red Sox, dann für die Yankees und noch ein oder zwei Monate für die Braves, wenn ich mich recht erinnere. Frank ist ein Tigers-Mann durch und durch. Legende hin oder her.«

Frank warf ihm einen verwunderten Blick durch den Rückspiegel zu, dann lachte er so laut und amüsiert, wie Hayden ihn noch nie lachen gehört hatte. Er kriegte sich gar nicht mehr ein und musste sich sogar eine

Träne aus dem Augenwinkel wischen. Irgendwann seufzte er »Babe Ruth« und schüttelte den Kopf.

*

Wie der Verbrecher, der er war, musste Hayden warten, bis Frank den Wagen umrundet hatte und ihn rausließ, weil sich die Tür hier hinten bekanntlich nicht von innen öffnen ließ. Als er ausstieg, stolperte er über seine eigenen Füße. Frank griff nach ihm und hielt ihn aufrecht.

»Danke«, flüsterte Hayden und hatte Mühe, seinen Mageninhalt dort zu behalten, wo er laut seines Namens hingehörte.

»Kein Grund, sich aufzuregen. Bleib einfach ruhig und sag dem Chief, was er wissen will. Es ist alles abgesprochen.«

»Ist das genug Pep Talk für den armen Jungen?«, fragte James feindselig. »Können wir dann reingehen und die Scheiße hinter uns bringen?«

»James, du magst doch keine Arschlöcher, oder?«, konterte Frank und nachdem James verneint hatte, fügte er hinzu: »Dann verhalte dich nicht wie eins.«

Ein scharfes Ausstoßen von Luft kündigte die säuerliche Antwort an: »Weißt du was, ich glaube, du kannst unsere Freundschaft hiernach echt für ne Weile abhaken. Ich hab die Schnauze voll davon, mit welcher

Vehemenz und Uneinsichtigkeit du dich für diesen Wichser einsetzt.«

Frank presste die Lippen aufeinander, knallte die Autotür zu und legte Hayden kurz die Hand an den Ellbogen, um ihn zum Gehen zu bewegen. »Komm.«

Der Spießrutenlauf durch das Revier begann. Hayden hielt den Kopf gesenkt, weil er fürchtete, all die Verachtung in den Blicken seiner einstigen Kollegen könnte ihn umbringen.

»Sieh nur hin, Everard«, knurrte James zu seiner Linken. »Das ist genau das, was du dir verdient hast. Mit deiner eigenen Hände Arbeit.«

Hayden fröstelte und die feinen Härchen in seinem Nacken stellten sich auf, da nahmen ihn warme Finger tröstend am Arm und blieben dort. Franks Anwesenheit war beruhigend. Er musste den Mist nicht allein durchstehen, obwohl er genau das verdient hätte. Tausend Drei-Gänge-Menüs würden nicht ausreichen, um zu würdigen, was Frank für ihn tat.

»Verräterschwein«, zischte Hernandez und beugte sich vor, um hörbar Spucke zu sammeln. Doch bevor er sie in Haydens Gesicht rotzen konnte, versetzte Frank ihm einen Stoß, der ihn rückwärts gegen die Wand beförderte.

»Wag es nicht!«, warnte er mit erhobenen Zeigefinger, als Hernandez einen zweiten Versuch in Angriff nahm. »Von Polizistenehre reden und dann so mit einem anderen umspringen! Ihr solltet euch alle schämen!«

Hernandez wischte sich über die feuchten Lippen. »Ist ja nicht so, als hätte Everard nicht hart darum gebettelt! Oder siehst du das anders, Fettsack?«

Frank gab einen Laut des Unglaubens von sich und schüttelte den Kopf, während ein freudloses Lächeln seine Lippen umspielte.

Hayden konnte nicht glauben, was er da hörte. Es schnürte ihm die Kehle zu. Er wollte etwas tun, um Hernandez das dumme Maul zu stopfen, aber da wurde er bereits von Frank in das Büro des Chiefs geschoben. Die Tür ging hinter ihnen zu.

»Everard«, grüßte Chief Harris kalt. »Nehmt doch alle Platz.«

Sie setzten sich. Hayden flankiert von James und Frank. Am liebsten hätte er wie ein kleiner Junge nach Franks Hand gegriffen. Zum Glück konnte er das lassen.

»Davis hat mich davon überzeugt, dass es für alle das Beste ist, wenn ich dich aus dem Dienst austreten lasse. Ohne Einschaltung der Judikative.« Harris war aufgestanden und ging hinter dem Schreibtisch auf und ab, die Hände im Rücken verschränkt, den Blick auf die hässlichen Fliesen am Boden gerichtet. »Es gefällt mir herzlich wenig, dich laufen zu lassen, aber wenn ich keinen Skandal und eine Absetzung meiner eigenen Person riskieren will, werde ich mich darauf einlassen müssen. Zudem gaben mir Pollock und Davis das Versprechen, ein Auge auf dich zu haben. Obwohl Davis ja immer ein Auge auf dich hatte. Wie wir gesehen haben, hat das einen Scheißdreck geholfen.«

»Frank konnte nichts dafür«, warf Hayden ein. »Ich habe in meiner Freizeit hinter seinem Rücken gehandelt. Wie hätte er von meinen Plänen wissen können?«

Harris warf ihm einen bösen Blick zu. »Ausreden. Davis mag unser bester Fahrer und ein mehr als passabler Schütze sein, aber mit dem Denken hat er's nicht so. Nichts für ungut, Frank.«

»Klar«, gab Frank in einem Seufzen zurück und verdrehte die Augen.

Mit geballten Fäusten saß Hayden wie auf glühenden Kohlen. Hatten die Leute immer schon derart mit Frank geredet?

Harris legte ihm ein Blatt Papier vor. »Die Kündigung. Du musst nur noch unterschreiben. Vorher will ich allerdings eine Liste mit Namen und Daten. Alles, was uns hilft, deine Russenfreunde aufzuspüren. Dann kannst du abhauen und dich so weit, wie es nur geht, von hier verpissen.«

Hayden warf Frank einen Blick zu. Der nickte ihm aufmunternd zu. Somit kramte er sein Handy hervor, übertrug Nummern und Namen auf einen Zettel und setzte schließlich seine drei sprichwörtlichen Kreuze unter das Kündigungsschreiben. Auf ein Arbeitszeugnis durfte er wohl eher nicht hoffen.

Erleichterung und Bedauern flimmerten zu gleichen Teilen durch seine Adern wie flüssiger Strom von zwei konkurrierenden Anbietern. Er war frei. Hatte jedoch zugleich seine Karriere als Cop beendet. Ein dicker, fetter Schlussstrich in Signalrot prangte unter seinem Lebenslauf.

Harris warf einen Blick auf die Uniform samt Waffe und Marke. Dann ließ er alles mit einer einzigen Bewegung in den Mülleimer neben dem Tisch wandern. »Raus jetzt. Ich kratz mir die Scheiße immer so schnell wie möglich vom Schuh, anstatt sie unnötig lange zu begutachten«, knurrte er und widmete sich der Liste mit Russen.

Hayden hegte die Vermutung, dass die meisten Namen Decknamen und die meisten Nummern nicht länger aktuell waren. Jenen Kontakt, an den er Krulic gewissermaßen verschenkt hatte, hatte er in weiser Voraussicht nicht angegeben. Man sollte sein Glück nicht überstrapazieren. Diesen Vorsatz würde er gleich noch einmal brechen müssen. Es kribbelte schon in seinen Fäusten und prickelte zwischen seinen Schulterblättern. Zu stark, um es ignorieren zu können.

Sie traten gemeinsam auf den Gang hinaus.

»Ich bleib gleich hier. Noch eine Fahrt mit Babe Ruth ertrage ich nicht«, sagte James und verschwand an seinen Schreibtisch des Großraumbüros.

»Lass uns heimfahren. Ich hab für heute die Schnauze voll«, murmelte Frank und ging voran Richtung Ausgang.

Doch Hayden war hier noch nicht fertig. Statt der Freiheit steuerte er Hernandez an und donnerte ihm den rechten Haken mitten in die Fresse, noch bevor der andere ihn überhaupt bemerkte. »Der war für den Fettsack, du Arschloch!«

Innerhalb weniger Sekunden war er in eine handfeste Prügelei verwickelt. Gebrüll brandete auf. »Auseinander!« »Schlag zu, Hernandez! Schlag dem Wichser die Zähne ein!« »Schluss damit!«

Frank packte ihn von hinten und hatte alle Mühe mit ihm.

Irgendwann danach saßen sie trotzdem im Wagen. Hayden drückte sich ein Taschentuch an die Nase, um die Blutung zu stoppen.

»Verfluchter Idiot«, brummte Frank, klang aber weder zornig noch feindselig. Vielmehr hörte er sich ein klein wenig zufrieden an. Aber das konnte täuschen.

*

»Don hat heute Morgen gesagt, James und du, ihr hättet euch wieder vertragen«, murmelte Hayden, als sie vor dem Haus parkten. »Das hat aber vorhin nicht so ausgesehen.«

»Ich hab's Don noch nicht gesagt, weil ich ihn nicht beunruhigen will«, erwiderte Frank und stellte den Motor ab. »Er ist ohnehin immer so besorgt, wenn ich im Dienst bin.«

»Was hast du Don nicht gesagt?«

»James hat sich nicht freiwillig zu unserem Wingman gemacht.«

»Das war mir schon klar. Er hat dir einen Freundschaftsdienst erwiesen.«

»Auch das ist leider nicht korrekt.«

»Was dann? Frank, sag's mir. Bitte.«

»Ich weiß etwas über ihn.«

»Du weißt sicher viel über ihn, ja und?«

»Etwas, von dem er nicht will, dass es ans Licht kommt.«

Langsam begriff er. »Du hast ihn erpresst? James? Den Saubermann? Was könnte es überhaupt von ihm zu wissen geben? Und ausgerechnet *du* greifst zu solchen Methoden?«

»Harris hätte sich nicht darauf eingelassen, wenn wir nicht an einem Strang gezogen hätten. Du hast ja gehört, was für eine hohe Meinung er von mir hat«, fügte er spöttisch, aber nicht verbittert hinzu. Es schien ihm nicht allzu viel auszumachen, was der Chief über ihn dachte.

»Warum tust du das alles für mich?«, fragte Hayden verständnislos.

Frank nahm einen tiefen Atemzug, bevor er antwortete: »Meine Eltern waren immer gut zu mir. Ich kann mir nur vage vorstellen, wie es für mich gelaufen wäre, wenn sie mich für das, was ich bin, verachten und demütigen würden. Ich weiß nicht, ob ich mich nicht in den Fluss gestürzt hätte.«

»Kann meine Mutter wirklich als Entschuldigung für mein Benehmen herhalten? Ich bezweifle es. Gibt genug nette Leute mit beschissenen Eltern.«

»Trotzdem denke ich, dass es schwieriger ist, zu einem netten Kerl zu werden, wenn man es nicht vorgelebt bekommen hat. Du hast nicht gespürt, wie es sein kann. Wie es sich anfühlt, respektiert zu werden«, gab Frank zurück und fügte sanft hinzu: »Ich werde mir alle Mühe geben, das zu ändern. Don ist übrigens derselben Ansicht.«

Hayden schluckte ein paar Mal, wollte etwas sagen, aber angesichts dieser liebevollen Worte war er sprachlos.

»Lass uns reingehen«, meinte Frank. »Ich muss dringend was essen. James war so sauer, dass er mir nicht mal eine Mittagspause vergönnt hat.«

Gehorsam stieg Hayden aus dem Auto und folgte Frank ins Haus, wo sie von den erwartungsvollen Blicken zweier sehr ungleicher Männer begrüßt wurden.

»Und?«, fragte Don als Erster, nachdem er Frank ausgiebig geküsst hatte.

»Er durfte kündigen. Die Scheiße ist vom Tisch«, antwortete Frank.

»Was ist mit deinem Gesicht passiert?«, wollte Ridge wissen, dem Hayden nicht in die Augen sehen konnte.

»Er meinte, sich mit Hernandez prügeln zu müssen, weil der mich vor lauter Wut einen Fettsack genannt hat«, erklärte Frank an seiner Stelle.

Don zog erst die Brauen zusammen, dann grinste er Hayden an und hob die Hand, damit sie einschlagen konnten. Hayden musste lächeln.

»Im Übrigen war das völlig unnötig«, setzte Frank tadelnd hinzu.

Hayden schüttelte den Kopf. »War es nicht. In keiner Weise. Ich kann mir schlecht selbst eine reinhauen, also musste Hernandez herhalten.«

Franks Blick senkte sich, doch ein Schmunzeln umspielte seine Mundpartie.

»Setzt euch, sonst wird das Essen kalt. Hayden hat anscheinend schon früh angefangen, für unser Dinner zu kochen. Dann hast du ihn angerufen, Frank, und er musste die Sache an Ridge übergeben. Das Ende der Geschichte: ich komme heim und treffe einen verzweifelten Zwei-Meter-Mann an, der um Hilfe wimmert, weil er den Herd nicht dazu überreden kann, die Suppe zum Blubbern zu bringen.«

Ridge wurde rot und ruckelte seinen Stuhl zurecht. »So war es überhaupt nicht.«

Hayden grinste mit warm werdender Brust in sich hinein.

»Aber eigentlich war es *doch* genau so, wenn du ehrlich bist, oder?«, neckte Don und teilte die kräftig grüne Brokkoli-Spinat-Suppe aus. Dazu gab es gebackene Gemüsesticks aus Pastinaken und Karotten. Einige davon waren leicht angebrannt und Hayden musste gleich nochmal schmunzeln.

»Gekocht? Das wäre auch nicht nötig gewesen«, meinte Frank.

»Völlig falsch, Frank, das war *sowas* von nötig. Probier mal«, konterte Don.

Frank tat, wie ihm geheißen, und nickte überrascht. »Du hast recht. Es *war* nötig.«

»Solltest du jemals einen Kochkurs anbieten, will ich teilnehmen. Und zwar von der ersten Reihe aus«, sagte Don mit vollem Mund.

»Ich halte mich dabei lieber im Hintergrund«, meinte Ridge. »Die Detektei würde ich bevorzugen.«

»Detektei?« Frank musste sich von Don aufklären lassen. »Everard/McVaine«, wiederholte er schließlich. »Kann ich mir gut vorstellen.«

Hayden war überrascht. »Ich mir nicht so besonders gut, aber wir sind ja nie einer Meinung. Diesmal wundert mich nur, auf welcher Seite wir jeweils stehen.«

»Wir sind nicht nie einer Meinung«, widersprach Frank, weil er auch in diesem Punkt nicht mit ihm einer Meinung war. Was für eine Ironie.

»Ach, sind wir nicht?«

»Bei Cabrera zum Beispiel waren wir ziemlich einer Meinung, würde ich sagen.«

»Sogar da haben wir uns gezankt, weil wir uns nicht einigen konnten, ob er Cabrera oder Sánchez heißen sollte.«

»Was?« Ridge machte große Augen und verstand offenbar kein Wort. Wie auch?

Don dachte sichtlich nach. »Also, da Frank in dieses Gespräch verwickelt ist, vermute ich stark, dass es sich um Miguel Cabrera und Aníbal Sanchez handelt. Ersterer ist Infielder bei den Tigers, Letzterer einer von den Pitchern. Aber um was genau es geht, hab ich auch noch nicht gecheckt.« Er kratzte den letzten Rest Suppe aus der Schüssel. »Im Übrigen bin ich gar kein Tigers-Fan, aber ich muss mich zumindest auskennen, sonst verlässt Frank mich. Schlimm genug für ihn, dass ich die Mets anbete.«

Frank lachte. »Was für ein Unsinn!«

»Spielen die Baseball?«, hakte Ridge hilflos nach.

Frank und Don warfen ihm einen synchronen, ungläubigen Blick zu.

»Er ist Hockeyfan«, warf Hayden entschuldigend ein.

Don nickte mitleidig. »Das erklärt's.«

»Wer war nun der Kerl, der Cabrera oder Sánchez heißen sollte?«, fragte Ridge ungeduldig und vielleicht auch, um von seinem Unwissen abzulenken.

»Kein Kerl, sondern ein Hund«, korrigierte Frank.

»Ein Pit Bull Terrier«, fügte Hayden hinzu.

»Der Schönste, den ich je gesehen habe. Ein Prachtbursche.«

Nickend stimmte er Frank zu. »Total liebesbedürftig und freundlich. Bei allem, was er durchgemacht hat, wundert mich das.« Die letzten Worte sprach er leiser, weil ihm dämmerte, dass es Cabrera im Gegensatz zu ihm gelungen war, trotz der Tritte von oben ein netter Kerl zu werden.

»Was musste er denn durchmachen?«, fragte Don mit gerunzelter Stirn und wollte aufstehen, um den Hauptgang zu bringen – Ofentomaten Caprese mit Pizzabrot und viel Knoblauch.

Frank hielt ihn zurück. »Bleib sitzen, ich mach schon.«

»Hayden«, forderte Don ihn neugierig auf.

»Sein Besitzer hat ihn geschlagen und für Hundekämpfe abgerichtet. Irgendwann riefen uns die Nachbarn an, weil er seit Stunden gewinselt hat. Wir fanden ihn im Hinterhof in der prallen Sonne, er hatte offene Wunden und sein Fell war voller Blut. Trotzdem hat er für uns gewedelt, als würde er hoffen, wir kämen zu seiner Rettung. Wir haben mit dem Arschloch von Herrchen gesprochen, aber uns waren die Hände gebunden, weil der Hund ja niemandem was getan hat.«

»Der Arsch hat uns ins Gesicht gegrinst«, murmelte Frank, als er sich wieder setzte. »Ich werde seine selbstgefällige Fratze nie vergessen.«

»Was habt ihr getan?« Ridge wartete angespannt auf die Fortsetzung der Geschichte und schob sich etwas Salat in den Mund. Das Thema des geschlagenen

Hundes musste schlechte Erinnerungen in ihm auslösen – seine Miene wirkte düster.

»Wir haben mit dem Chief gesprochen, hat aber nichts bewirkt«, sagte Frank.

»Das hätten wir uns sparen können. Harris hat uns angesehen, als hätten wir den Verstand verloren«, fügte Hayden hinzu.

»Ihr stört meine Lunchpause wegen eines verdammten Hundes?«, äffte Frank den Chief glaubhaft nach.

»Arschloch«, warf Don ein und spießte ein Kartoffelviertelchen auf, als wäre es der Idiot Harris.

»Wir mussten uns also was anderes überlegen.«

»Haben wir dann auch getan«, pflichtete Hayden Frank bei und nickte, ehe sie sich einstimmig in Schweigen hüllten.

»Und was genau habt ihr gemacht?«, forderte Don sie zum Weitersprechen auf.

»Was Illegales«, winkte Frank ab und warf Hayden einen Blick zu.

»Wir haben ihn gestohlen«, gestand Hayden.

»Mein süßer, braver Mr. Correctness hat einen Hund gestohlen?« Don fiel vom Glauben ab und sah Frank an, als würde er den zum ersten Mal sehen.

»Aber was habt ihr mit ihm gemacht? In einem Shelter sind es die Pit Bulls, die als Erste die Spritze bekommen.« Ridge wirkte bedrückt.

»Wir sind erstmal mit ihm zu einem Tierarzt gefahren und haben behauptet, er sei uns zugelaufen. Der Mann wollte den Chip auslesen, doch wir haben ihm gesagt, er solle das lieber lassen. Da hat er verstanden und gemeint, der Bursche könne ein paar Tage bei ihm bleiben.«

»Wir haben ihm vorgeschlagen, uns bezüglich eines geeigneten Platzes umzuhören. Hat allerdings keine achtundvierzig Stunden gedauert, bis er sich gemeldet und uns mitgeteilt hat, Cabrera würde bei ihm bleiben.«

»Angeblich hätte er die Frau und Kinder des Tierarztes um die wedelnde Rute gewickelt. Aber Frank und ich glauben, dass er sich ganz von selbst in den Hund verliebt hat. Wäre kein Wunder.«

»Absolut kein Wunder.« Frank lächelte kopfschüttelnd. »Wir durften ihn sogar noch mal besuchen, ein paar Monate später. Von den Verletzungen war nichts mehr zu sehen und er präsentierte sich als perfekter, ausgeglichener Familienhund.«

»Ihr seid Helden«, meinte Ridge und lächelte Hayden an. Auf eine Weise, die es ihm unmöglich machte, den Blick zu heben. Ein warmer Schauer quälte sich kribbelig durch seinen Körper.

»Auf jeden Fall«, sagte Don mit einem Nicken und beugte sich vor, um Frank die Wange zu küssen. »Aber das hab ich schon immer gewusst.«

✶

Befangenheit lähmte ihn, als er vor Ridge das Schlafzimmer betrat. Ridge hatte ihm mit einem Kopfnicken zu verstehen gegeben, dass er mit ihm allein sein wollte, und sie hatten Frank und Don eine gute Nacht gewünscht.

Seine gedankenlos ausgesprochene Liebeserklärung lungerte in seinen Gedanken herum und schien ihn auszulachen. Nie im Leben würde Ridge sie erwidern. Nicht jetzt schon. Vielleicht auch wörtlich *nie im Leben*, wer wusste das schon. Ziemlich bedauerlich, wenn man bedachte, wie dringend Hayden diese drei Worte von ihm hören wollte. Aber er machte sich nichts vor. Ridge war die Sorte Mann, die sowas einfach nicht über die Lippen brachte. Vermutlich reichten seine Gefühle auch noch gar nicht so tief.

»Ich bin wahnsinnig erleichtert«, murmelte Ridge und zog ihn in seine Arme, um ihn zu küssen. »Ich hab mir solche Sorgen gemacht«, hauchte er dicht an Haydens Mund.

»Ich mir auch, ehrlich gesagt.« Hayden genoss den Kuss, doch irgendetwas dämpfte seine Freude. Ridge würde mit ihm schlafen wollen. Das war es doch, was richtige Kerle taten, wenn sie die Gelegenheit dazu hatten. In seinem Schädel hingegen geisterte die Fantasie von einem gemütlichen Abend mit viel Kuscheln herum. Der Tag hatte ihn aufgerieben. Er war erschöpft und wollte bloß in Ridges Arme sinken, um so viel Körperkontakt wie möglich zu bekommen. Allerdings wusste er bereits jetzt, nicht zugeben zu können, dass er heute Nacht keinen Sex wollte.

War nicht weiter schlimm. Immerhin war Ridge heiß und die Lust würde sicher noch kommen. Zumindest wusste er, dass Ridge nach dem Sex auf Kuscheln stand. Danach würde also auch Hayden auf seine Kosten kommen.

»Zieh schon mal das Shirt aus, ich bin gleich bei dir«, murmelte Ridge und verschwand im Bad, wo er den Wasserhahn aufdrehte.

Hayden legte das Oberteil ab und sank müde aufs Bett.

»Dreh dich auf den Bauch«, befahl Ridge, als er zurückkam. Offenbar wollte er es heute tatsächlich so hart und knapp, wie er damals behauptet hatte.

Auch dieser Anweisung kam Hayden nach. Er fühlte sich mies, aber das war bescheuert. Er liebte Ridge wirklich. Da würde er doch wohl kurz die Kraft aufbringen können, ihm zu geben, was er wollte. Ganz gleich, wie beschissen der Tag gewesen war. Mühsam schluckte er den Kloß im Hals hinunter. »Soll ich meine Hose selbst ausziehen?« Seine Stimme klang brüchig.

»Die kannst du anbehalten«, gab Ridge zurück und überraschte ihn damit. Sex mit Hosen an den Beinen gestaltete sich in seinem Kopf etwas schwierig.

Da überraschte Ridge ihn ein zweites Mal, indem er zu ihm auf die Matratze kam und etwas Öliges über seinen Rücken träufelte. Er zuckte zusammen.

»Zu kalt? Ich hab's extra aufgewärmt.«

»Nein, ist gut«, brachte Hayden hervor, obwohl er nicht wusste, wie ihm geschah.

Erst, als Ridge begann, ihn in sanften, zugleich kräftigen Bewegungen zu streicheln, begriff er, dass er eine Rückenmassage verpasst bekam.

»So erschöpft, wie du aussiehst, hege ich den Verdacht, dass du mir hierbei bald mal wegpennen wirst, drum sag ich dir gleich noch mal, wie gut dein Essen geschmeckt hat. Dieses Blätterteigzeug mit Bananen und Nüssen war ein Traum.«

»Danke.«

»Du musst mir ein paar Dinge beibringen. Ich will das auch können.«

Hayden brachte ein Nicken zustande. Er war zu gerührt, um auch nur ein weiteres Wort hervorbringen zu können.

»Was hältst du davon, wenn wir uns einen Hund zulegen? Gute Idee?«

Wieder nickte er und stöhnte, als Ridge einen besonders verspannten Muskel erwischte und vorsichtig lockerte, um ihm den Schmerz zu nehmen.

Ridge konnte das verdammt gut. Zudem schien er jede noch so kleine Reaktion von Hayden wahrzunehmen und richtig zu deuten, denn er fand all die Stellen, an denen es sich besonders schön anfühlte. Seine Hände waren warm, groß und unbeschreiblich zärtlich. Haydens Herzschlag beschleunigte sich, doch der Rest seines Körpers fuhr die Aktivität herunter. Sein Atem ging langsamer und die Augen fielen ihm zu. All seine Gliedmaßen wurden schlaff, schienen sich tiefenzuentspannen. Sowas hatte er noch nie erlebt. Sich so fallenlassen zu können.

»So schön«, murmelte er, weil er hoffte, ein Lob würde dafür sorgen, dass Ridge niemals *niemals* aufhörte, ihn auf diese Art und Weise zu berühren.

»Das denke ich mir auch immer, wenn ich dich anschaue«, kam geflüstert zurück.

Wieder dieser Schauer und ein Kribbeln im Bauch.

Die Zeit verstrich. Eine halbe – oder eine ganze – Stunde später, legte Ridge sich zu ihm, kuschelte sich an ihn und bedeckte ihn mit Decke sowie seinem linken Bein. Er fuhr fort, ihn zu liebkosen, streichelte ihm durchs Haar, den Nacken und über den Rücken. In dieser Reihenfolge, wieder und wieder. Wann hatte ihm je zuvor in seinem Leben jemand so viel Zärtlichkeit geschenkt?

Irgendwann beugte Ridge sich über ihn, küsste die Stelle hinter seinem Ohr und flüsterte: »Ich liebe dich. Sehr sogar.«

Mit einem Schlag war er hellwach. Seine Augen gingen auf und weiteten sich. Hatte er das geträumt? War er eingeschlafen, ohne es zu bemerken? Doch Ridges Mund war immer noch an jener Stelle und bedeckte Haut und Haar mit Küssen.

Zögerlich drehte Hayden sich um und sah in dunkle Augen. Der angenehme Druck in seiner Magengegend verstärkte sich. Er legte Ridge die Arme um den Hals und wurde in eine feste Umarmung gedrückt. Ihre Gesichter waren dicht voreinander, er spürte warmen Atem auf seiner Haut, dann weiche Lippen, die seine Wange streiften und sich fast verstohlen seinem Mund näherten, bis sie ihn berührten. Fast nicht spürbar und doch so intensiv, dass sich alle Härchen an seinem Körper wie elektrisiert aufstellten. Schließlich wurde er auf die Stirn geküsst – dorthin, wo ihn noch keiner zuvor geküsst hatte – und an eine breite Brust gepresst, in der ein Herz sehr kräftig und laut schlug.

11

Es war schon wieder dunkel und nach einem ausgiebigen Resteessen, bei dem viel gelacht wurde, saßen sie vor dem Fernseher. Mit Popcorn und Chips, wobei Don die Letzteren für sich allein beanspruchte, indem er die Schüssel auf seinem Schoß hielt und jeden anknurrte, der die Hand danach ausstreckte.

Ridge blickte öfter auf Haydens Scheitel hinab, als auf den Bildschirm. Sein kleiner Bulle hatte es sich auf dem Boden vor dem Sessel, in dem Ridge mehr lag als saß, bequem gemacht und schüttelte ab und an den Kopf, weil das bei *The Walking Dead* angebracht war. Die

Serie wurde von Staffel zu Staffel schwächer, was auch Don alle paar Minuten mit vollem Mund anmerkte. Frank schnaubte gelegentlich amüsiert, was die Macher der Show sicher nicht beabsichtigt hatten.

Ridge passte nicht auf. Er dachte nach. Darüber, wie gut es ihm hier gefiel. Darüber, wie sehr er die Vergangenheit hinter sich lassen wollte. Und er fragte sich, wie viel Gnadenfrist ihm noch blieb. Sobald Slick wieder in der Stadt war, würde die Sache ein Ende finden. Aber wie?

Gedankenverloren streichelte er Haydens Schulter, bis dieser die Hand hob, damit sich ihre Finger miteinander verhaken konnten. Schließlich warf er einen Blick über die Schulter und schenkte ihm ein Lächeln, welches Ridge erwiderte.

Unvermittelt vibrierte das Handy in seiner Hosentasche und das Herz blieb ihm stehen. Er wusste, was kommen würde. Welch eine Ironie, dass die Sanduhr bereits durchgelaufen war, während er darüber rätselte, wie lange sie halten würde.

Er zog das Telefon hervor und warf einen Blick auf das Display, obwohl ihm völlig klar war, wer anrief. »Es ist Slick«, murmelte er und erhob sich, um auf die kleine Veranda an der Vordertür hinauszugehen und abzunehmen. »Boss?«

»Wir müssen reden.« Slicks Tonfall jagte ihm einen kalten Schauer über den Rücken. Da lag etwas Bedrohliches in seiner Stimme.

»Ich muss auch mit dir reden«, brachte er trotz ausgetrocknetem Mund hervor.

»Um Mitternacht an unserem Umschlagplatz am Hafen. Schaffst du das?«

»Ja.«

Dann legte Slick einfach auf und Ridge lauschte dem Freizeichen. Kein Gespräch zwischen ihnen war jemals so gelaufen. Das machte ihm Sorgen. Slick ahnte etwas, so viel war sicher. Ihm war offenbar klar, dass Ridge nicht zurückkommen würde. Das machte ihn wütend. Verständlicherweise. Aber was sollte Ridge denn machen, wenn er sich nun mal Hals über Kopf in Hayden verknallt hatte? Ein Leben ohne seinen Bullen war nur schwer vorstellbar. Ganz zu schweigen davon, dass er so ein Leben nicht führen wollen würde, denn er hatte immer geglaubt, niemals glücklich werden zu können. Slick hatte sein Leben verbessert, hatte ihm eine Art von Freiheit geschenkt und ihm gezeigt, dass es auf dieser Welt auch schöne Dinge und Vergnügen gab. Doch erst mit Haydens Auftauchen war ihm bewusst geworden, zu welchen Gefühlen ein Mensch imstande war – was ein Herz empfinden konnte. Aufstöhnend wischte er sich übers Gesicht.

Im nächsten Moment stand Hayden vor ihm und musterte ihn besorgt. »Was ist los? Das war Slick, nicht wahr?« Er war schon bleich, bevor er die Antwort hörte.

Ridge nickte. »Er will mich sehen.«

*

Alle glaubten an einen Hinterhalt. Er nicht, obwohl ihn ein mulmiges Gefühl beschlich. Slick war sauer auf ihn, das war nicht zu ignorieren. Aber weshalb?

Aus einiger Entfernung mit dem Hintern gegen den Wagen gelehnt, beobachtete er, wie Don und Frank den armen, alten Foreman bearbeiteten. Sie wollten ihn als Verstärkung. Ridge hatte ihnen versichern wollen, dass es nicht notwendig sei, doch auf ihn hatte niemand gehört. Stattdessen ließen sich alle von Haydens unterschwelliger und mühsam unterdrückter Hysterie anstecken.

Jetzt saß Hayden im Auto und versuchte, runterzukommen. Ridge warf ihm einen Blick über die Schulter zu. Er hatte mit ihm reden wollen, aber Hayden hatte abgewinkt und kein Wort rausgebracht. Es war irgendwie rührend, wie er sich um ihn sorgte. Nun sah er ihn nicht einmal mehr an, sondern hatte das Gesicht von ihm abgewandt, um aus dem Seitenfenster zu starren. Er wirkte leidend.

Ridge rieb sich die Augen. Er schwitzte, denn es war eine verdammt heiße Nacht. Zudem regte sich sein schlechtes Gewissen, weil er für Haydens Zustand verantwortlich war. Wieder mal. Aber wenn der neue Morgen kam, wäre es vorbei. Dann würde er Hayden nie wieder unglücklich machen, das schwor er sich.

»Er kommt mit«, verkündete Frank und klopfte Ridge auf die Schulter. »Steig ein, wir fahren. Sonst wird es zu spät, um noch irgendwo Posten zu beziehen.«

»Danke«, brachte Ridge hervor und räusperte sich, weil seine Kehle schmervoll trocken war. Anstatt jedoch in seinen Wagen zu steigen, nickte er Don zu. Er musste noch etwas klären, bevor es vielleicht zu spät war.

»Was gibt's?«, fragte der Junge.

Frank stand unschlüssig bei geöffneter Autotür und Ridge warf ihm einen bittenden Blick zu. Der Polizist in Zivil gewährte ihnen nach einem Zögern ein Gespräch unter vier Augen.

»Ich möchte dich um was bitten«, sagte Ridge mit rauer Stimme.

Don hob die Augenbrauen und forderte ihn mit einem Nicken zum Weitersprechen auf.

»Kannst du Haydens Vater für mich ausfindig machen? Ich hab irgendwie das Gefühl, er könnte gar nichts von seinem Sohn wissen. Wer weiß, ob die Frau, die sich Haydens Mutter nennt, es ihm gesagt hat.«

»Warum fragst du mich das ausgerechnet jetzt? Ich dachte, du glaubst nicht an eine Falle?«

»Das tu ich auch nicht, aber man kann ja nie vorsichtig genug sein, oder?«

»Du redest schon wie Frank«, grinste Don aufgesetzt. »Ich mach's. Aber nur, wenn du mich morgen früh nochmal darum bittest.«

Ridge musste schmunzeln. »Ich werd schon nicht draufgehen.«

»Das will ich hoffen. Ich will diese Detektei, verdammt!«

»*Du* willst die Detektei?«

»Für euch beide natürlich nur.« Don lachte.

Foreman tauchte aus der Dunkelheit auf. »Ich wär dann soweit.«

»Danke, Foreman«, murmelte Ridge und bekam einen weiteren Tätschler auf die Schulter.

Die anderen stiegen in Franks Lexus und Hayden warf ihm einen letzten Blick zu, ehe der Wagen den Hang hinabschlingerte.

Ridge nahm einen tiefen Atemzug und riss sich zusammen. Was sollte schon passieren? Slick war sein Freund. Seufzend setzte er sich ans Lenkrad seines Ford – ebenfalls ein Geschenk von Slick. Er hatte ja nichts besessen, bevor der Mann ihn befreit und ihm ein Leben geschenkt hatte ...

*

Die Scheinwerfer beleuchteten die verlassene Lagerhalle, von der Slick gesprochen hatte. Ridge hielt an und stellte den Motor ab, woraufhin für einen Moment alles in Dunkelheit versank. Dann gewöhnten sich seine Augen an das fahle Mondlicht und er stieg aus. Die Hitze schlug ihm unangenehm ins Gesicht, da er die

Klimaanlage während der gesamten Fahrt auf volle Stufe gedreht hatte.

Nachdem er einen Verfolger bemerkt hatte, war er nun doch etwas besorgter als zuvor. Irgendjemand war hinter ihm hergefahren, sobald er über die Brücke gekommen war. Ließ Slick ihn überwachen? Wollte er sicherstellen, dass er tatsächlich am Treffpunkt erschien und nicht zu seinem Bungalow – noch ein Geschenk von Slick – fuhr, um seine Sachen zu packen und abzuhauen?

Er hoffte inständig, dass Hayden und die anderen nicht ebenfalls jemanden an ihren Fersen kleben hatten. Der Gedanke, sie alle in Gefahr gebracht zu haben, verursachte ihm Übelkeit. Er hätte darauf beharren müssen, allein zu fahren ...

Ein paar Minuten zogen vorbei und er bemühte sich, keinen Blick auf die Armbanduhr zu werfen. Er war pünktlich. Slick würde bald kommen. Schwer atmend wischte er sich mit Daumen und Zeigefinger die Augen aus und ging in der Halle auf und ab. Seine Schritte auf dem nackten Beton hallten von den Wänden wieder.

Wie sollte er Slick schonend beibringen, dass er alles hinwarf? Ihm fiel nichts ein. Er musste die Wahrheit sagen und hoffen, dass Slick ihre Freundschaft hoch genug schätzte, um ihm sein Glück zu gönnen, anstatt auszurasten. Letzteres hätte wahrscheinlich zur Folge, dass er Ridge abknallte und Mickey seine Leiche ins Meer werfen musste.

Hinter ihm knirschte es. Trocken schluckend drehte er sich um und heftete den Blick auf seinen Boss, der sich ihm näherte. Er hatte das sorgfältig geglättete und »geslickte« Haar zu einem Zopf gebunden und seine schokoladenfarbene Haut stand in argem Kontrast zu dem lilafarbenen Anzug. Etwas an seiner Haltung ließ Ridge das Blut in den Adern gefrieren. Jeder Muskel seines Körpers schien angespannt, seine Miene versteinert. Er schien allein gekommen zu sein, dabei ging er sonst nicht ohne Mickey aus dem Haus.

Aber war er wirklich allein oder versteckte sich sein Bodyguard nicht viel eher irgendwo in den Schatten, um ihn überwältigen zu können, wenn er etwas sagte, das Slick nicht gefiel?

Slick hielt eine Sarglänge Abstand zu ihm, als er schließlich stehen blieb. »Wie konntest du mir das antun?«

Ridge stutzte und sein Herz klopfte schneller. Er saß in der Scheiße, das wurde ihm jetzt klar. »Wovon redest du?«

»Ich war auf dem Scheißkongress«, knurrte Slick mit gesenkter Stimme.

»Ich weiß, Boss.«

»Spar dir die Heuchelei!«, brüllte Slick durch die Halle und fletschte die Zähne, als wäre er selbst ein Wandler. Nun, er war gewissermaßen ein Wolf, aber auf eine gänzlich andere Weise. »Ich hab vor den anderen damit geprahlt. Hab ihnen erzählt, dass ich mein Gebiet erweitert habe. Mit deiner Hilfe!«

»Ich verstehe nicht«, murmelte Ridge, obwohl er die Befürchtung hegte, eine Ahnung zu haben. Sollte sie sich bewahrheiten, wäre er wohl besser gegen einen Baum gefahren, als hier aufzukreuzen. Er wurde sich der Waffe bewusst, die Hayden ihm trotz seines Protestes hinten in den Hosenbund geschoben hatte. Aber würde er sie ziehen und gegen seinen Retter richten können?

»Ich hab ihnen gesagt, mein bester Mann hätte sich um Krulic gekümmert. Und dass der slawische Flachwichser irgendwo im Wald begraben liegt.«

Ridge würgte an dem Kloß im Hals, der ihn zu erwürgen versuchte. Der Boden unter seinen Füßen schwankte gefährlich.

»Sie haben gelacht«, fuhr Slick fort. »Mich ausgelacht, weil ihnen zu Ohren gekommen ist, dass Krulic der *Sklave* von irgendwelchen Russen ist!« Mit den letzten Worten riss er seine Ruger Blackhawk – einen altmodisch aussehenden Revolver, der zu seiner Exzentrik passte – aus dem Hosenbund und richtete die Waffe gegen ihn. Ridge stieß Luft aus.

Der Mann, den er als seinen Freund betrachtete, zielte auf ihn. Und würde wohl auch abdrücken, wenn er eine falsche Bewegung wagte. Das Herz tat ihm weh. Er war enttäuscht und erschüttert. Fühlte sich wie Dreck.

»Slick, bitte.« Ridge ergab sich mit erhobenen Händen und betete, dass Hayden und die anderen sich zurückhalten würden. Er wollte nicht, dass die Sache eskalierte und einer seiner wahren Freunden zu Schaden kam.

Jemand näherte sich ihm von hinten. Schwere Schritte, lautes Atmen. Mickey. »Halt still, Ridge. Wir wollen doch nicht, dass du Scheiße mit dem Ding da baust.« Damit wurde ihm die Waffe abgenommen und Mickey stellte sich hinter den Boss, der Ridge weiterhin im Visier hatte und sich mit der anderen Hand wild übers Gesicht wischte.

»Warum?«, brüllte Slick. »Warum ausgerechnet Krulic?! Der Hurensohn hätte deinen beschissenen Ex-Bullen umgebracht, wenn sich eine Gelegenheit geboten hätte! Allein meinetwegen hat dein blöder Everard überlebt!«

Ridge war kurz vor einem Schluchzen. Es staute sich in seiner Kehle, aber er schrie zurück, um sich nichts anmerken zu lassen: »Es hatte nichts mit Krulic zu tun! Ich kann das einfach nicht mehr!«

»Was kannst du nicht mehr?«

»Jemanden umbringen! Noch mehr Blut vergießen, verdammte Scheiße! Ich will kein Monster mehr sein!«

Slick schnitt eine Grimasse und schüttelte den Kopf. »Du könntest nicht *weniger* ein Monster sein, Ridge.«

»Oh doch, Slick! Ich bin eines und ich fühle mich wie eines! Ich muss ständig kotzen, wenn du mich auf so eine *Mission* schickst! Ich will nie wieder sehen, wie das

Licht in jemandes Augen bricht! Verstehst du das? Auch nur ansatzweise?!«

»Besser als du denkst, Arschloch! Aber warum kommst du damit nicht zu mir?! Wir hätten eine Lösung gefunden!«

»Das hätten wir«, warf Mickey ein, weil er es nicht einmal jetzt lassen konnte, Slick nach dem Mund zu sprechen.

»Ich hätte dich nicht dazu gedrängt, wenn ich gewusst hätte, dass es dich quält!«, fuhr Slick fort. »Doch anstatt offen zu sein, bringst du hinter meinem Rücken alles in Gefahr, was ich aufgebaut habe, und lässt einen meiner Feinde einfach laufen! Nach allem, was ich für dich getan habe!«

Ridge würgte Übelkeit hinunter. Es war vorbei. Slick würde ihn erschießen. Er war sich dessen so sicher, wie ein Mann sich einer Sache nur sein konnte. »Es tut mir leid, ich wusste keinen anderen Ausweg. Ich dachte, du würdest es nicht akzeptieren. Ich verdanke dir alles, Slick, aber ...«

Ein schriller Schrei ließ ihn verstummen. »Ihr verdammten Wichser!«

Krulics Jüngster tauchte in der Halle auf. Drei bewaffnete Männer standen ihm zur Seite. »Ihr habt meinen Dad auf dem Gewissen, ihr Dreckskerle!«

Gerade als es Ridge dämmerte, wer ihn da vorhin im Wagen verfolgt hatte, fielen die ersten Schüsse aus seiner eigenen Waffe – von Mickey abgefeuert.

Hayden sprang aus der Finsternis hinter einigen gelagerten Schiffskisten und überwältigte Slick, dem die Waffe aus den Händen glitt. Zusammen gingen sie zu Boden und Ridge warf sich ebenfalls auf die Erde, um nach Slicks Revolver zu greifen. Er zog den Abzug, doch es löste sich kein Schuss. Die Scheißwaffe war nicht geladen. Ridge starrte fassungslos darauf hinab, doch eine Kugel, die nahe seinem rechten Ohr vorbeisauste, brachte ihn zur Besinnung. Mit einem Handgriff stieß er Hayden in Deckung und zog Slick mit sich hinter eine Kiste.

»Warum ist das Scheißding nicht geladen?!«, fuhr er seinen Boss an.

Slick wischte sich Blut von Kinn und Mund, doch sofort kam ein weiterer Schwall aus seiner Nase, die ihm Hayden offenbar gebrochen hatte. »Ich wollte nicht riskieren, dich in meiner Wut über den Haufen zu schießen.«

»War das nicht genau dein Plan? Mich hinzurichten?«

Slick sah ihn an, als sei er nicht mehr ganz bei Trost. »Was laberst du da für 'ne Scheiße, Mann? Du bist mein Freund.«

Ridges Stirn legte sich in Falten und er stieß mit dem Kopf gegen Slicks Schläfe.

»Willst du ihn etwa küssen?«, knurrte Hayden.

Slick lachte. »Katzen machen das, um sich zu zeigen, dass sie sich mögen.«

»Ganz toll! Er ist aber keine Katze«, biss Hayden zurück. »Außerdem haben wir gerade andere Sorgen. Wir stehen unter Beschuss.«

Ridge raufte sich das Haar. »Scheiße, ich will nicht, dass der Junge draufgeht.«

»Der kleine Krulic macht mir keine Angst, Everard. Ich regle das.« Slick stand auf. Die Kisten reichten ihm bis knapp über den Scheitel.

»Bist du irre? Was tust du da?«, fragte Ridge atemlos.

»Dir beweisen, dass wir keine Monster sind. Davo! Wenn du deinen Vater wiedersehen willst, sagst du deinen Lackaffen, sie sollen das Feuer einstellen!«

»Wiedersehen?«, kam zittrig zurück. Der Bursche musste seinen Männern einen stummen Befehl gegeben haben, denn die Schüsse verstummten und es wurde seltsam ruhig. »Er ist tot! Dein Wachhund hat ihn umgebracht!«

»Hat er nicht«, erwiderte Slick gelassen und verließ wagemutig die Deckung. Ridge musste an sich halten, ihn nicht am Bein zu packen und zurückzuziehen. »Und ich weiß, wo er ist.«

»Wo?! Wo ist er? Sag's mir!«, verlangte Davorin Krulic weinerlich.

Slick wandte sich an Ridge. »Ihr habt euren Kontaktmann noch?«

Hayden nickte.

»Ich kann dir deinen Scheißvater zurückholen, aber das wird nicht billig. Für keinen von euch beiden.«

»Zurückholen?«, brachte Hayden hervor.

»Die Maus ist interessanter, wenn sie nicht in einem russischen Käfig sitzt«, murmelte Slick mit einem irren Grinsen. Das war wieder eine seiner Launen.

Ridge lächelte. Er entdeckte Frank und Don auf der anderen Seite der Halle, hinter weiteren Kisten. Bezeichnenderweise hatte Frank sich vor Don geworfen und schützte ihn mit seinem Körper sowie gezückter Pistole. Dons Blässe sprach für sich. Vermutlich wäre es ihm jetzt im Nachhinein lieber, wenn er auf Frank gehört hätte und im Auto geblieben wäre.

Draußen vor der Halle streifte ein schwarzer Wolf herum und wartete ab, ob ein Eingreifen nötig war oder nicht. Aber Slick hatte die Sache unter Kontrolle.

»Okay, was willst du, Slick? Ich tu alles für meinen Dad.«

»Und das, obwohl er so wenig mit dir anzufangen weiß«, meinte Slick und winkte Ridge nach seinem Revolver.

»Scheiß drauf. Sag mir, was du dafür willst.«

»Erstmal will ich, dass alle ihre Magazine leeren und die Waffen auf den Boden werfen.« Slick füllte seelenruhig die Trommel mit jenen Patronen, die er in der Hosentasche aufbewahrt hatte. Ridges Herzschlag beschleunigte sich ein weiteres Mal.

»Tut, was er sagt«, befahl der Bursche und es folgte ein leiser Metallregen auf Beton. Danach kam das Plastik und die Feinde waren unbewaffnet.

Slick grinste mit Genugtuung und ging auf Davorin zu. Ridge verließ ebenfalls die Deckung und gleich darauf legte sich eine leicht zitternde Hand in die seine. Hayden wich ihm nicht von der Seite.

»Dein Vater hat recht. Du bist dumm und leichtgläubig, Davo«, sagte Slick und blieb vor dem Jungen stehen, um plötzlich den Revolver zu heben und ihm die Mündung zwischen die Augen zu drücken.

Jeder rang nach Atem. Hörbar. Es war wie eine Welle, die durch den Raum brandete. Für einen Augenblick war Ridge sich sicher, dass gleich ein Schuss von den Wänden widerhallen würde.

Doch Slick ließ die Waffe sinken. »Zu deinem Glück hat mich ein Freund darum gebeten, dein Leben zu verschonen, auch wenn du dich ihm gegenüber nicht so gnädig gezeigt hast.«

»Es tut mir leid. Mein Dad ...«, murmelte Davorin, der wirklich noch nicht viel mehr als ein Kind war. Sogar Don wirkte neben dem Burschen erwachsener.

»Immer diese übertriebene Vaterliebe«, sagte Slick und legte Klein-Krulic den Arm um die schmalen Schultern. »Ihr müsst lernen, euch abzunabeln. Fuck, was ist bloß mit der Jugend heutzutage los?« Er drehte sich um. »Ridge, kommst du? Wir müssen das mit Krulic regeln. Everard brauchen wir auch. Und wann holst du endlich dein Scheißmotorrad ab?! Was soll ich mit dem Teil?«

Ridge grinste und fühlte, wie der Krampf in seinen Eingeweiden sich löste. Das hieß wohl, dass er endlich frei war. Zum ersten Mal in seinem Leben richtig frei.

EPILOG

Nervös ging er in dem kleinen Motelzimmer auf und ab. Durch das Fenster sah man Wald. Vögel zwitscherten schon den ganzen Morgen um die Wette. Die Dusche wurde endlich abgestellt, aber Hayden wusste, dass Ridge noch eine Weile brauchen würde. Verflucht seien dessen langen Haare, die ihn zum Föhnen zwangen. Nein, eigentlich liebte er die dunkle Mähne und würde Ridge um nichts in der Welt erlauben, sie abzuschneiden.

Trotzdem würde er sich jetzt gerade wünschen, die Sache beschleunigen zu können. Er hatte es Ridge bereits gestern sagen wollen, aber als er nach Hause gekommen war, hatte er Don rauchend auf der Veranda ihres Übergangsapartments angetroffen, während Frank und Ridge drinnen ein Abendessen vorbereiteten. Im Laufe der Nachspeise, die aus Schokoladeneis bestand, war er angewiesen worden, für einen geheimnisvollen Wochenendtrip zu packen. Danach war er so perplex gewesen, dass er die Sache hatte aufschieben müssen. Außerdem war es zu spät geworden, weil sie sich zusammen ein Baseball-Spiel angesehen hatten.

Im Übrigen hatten sie es Slick zu verdanken, dass sie genug Zeit und Geld hatten, um diese Detektivsgeschichte in aller Ruhe aufzuziehen. Er hatte Ridge eine großzügige *Abfindung* bezahlt.

Hayden hatte sich über Umwege nach seiner Mutter erkundigt. Sie schien bester Laune, immer wenn sie zur Dialyse auftauchte. Den Wunsch, sie zu besuchen, verspürte er allerdings nicht. Er brauchte sie nicht mehr in seinem Leben. Sie hatte ihn misshandelt und missachtet, soweit er sich erinnern konnte. Er war fertig mit ihr.

Er lauschte dem Rauschen des Föhns im Badezimmer und zog sich seufzend das Shirt über den Kopf, um sich aufs Bett zu setzen und das Haar zu raufen – in gleichmäßigen Bewegungen gegen den Strich, vom Nacken bis zum Scheitel. Sein Bein wollte nicht stillhalten, sondern bewegte sich in schnellem Takt.

Das Herz sank ihm in den Bauch hinab, schlug dort unten wild um sich, als wolle es ausbrechen. Scheiße, er war aufgeregt.

Er konnte kaum Luft holen, als es endlich still wurde und die Tür aufging. Ridge kam mit einem Handtuch um die Hüften ins Zimmer. Sein Haar war nur ansatzweise trocken. Ein paar Wassertropfen glitzerten in seinem Bart. Aber nicht annähernd so strahlend hell wie sein Lächeln. »Warst du schon draußen?«, fragte er, als er die Jeans an Haydens Beinen bemerkte.

»Kurz spazieren.« Unsicher griff er nach Ridges Hand und zog ihn zu sich aufs Bett. Er konnte es nicht aussprechen, sondern musste es ihm zeigen.

Das Handtuch glitt zu Boden. Ihre Lippen trafen sich, als Hayden rückwärts in die Kissen sank. Ridges Haar kitzelte seine nackte Brust, auf die sich gleich darauf eine große Hand legte, um über den Wolfskopf – sein Ebenbild – zu streichen. Hayden berührte das Gegenstück, welches einen Platz auf Ridges Oberkörper gefunden hatte und Haydens Wolf zeigte. Ridge schrammte mit Zähnen und Lippen sein Kinn und seinen Hals entlang, wanderte über seine Brust nach unten und zog ihm währenddessen die Jeans von den Beinen, die sich zittrig anfühlten. Die Hose landete vor dem Bett, dessen Laken verführerisch sauber und frisch rochen.

Ridge streichelte sein Brustbein entlang, küsste ihn, machte ihn verdammt heiß. Hayden schlang ihm die Beine um die Taille, zog ihn an seinen Körper, fühlte Ridges Erregung und musste stöhnen. Ridges Haut war noch feucht, was ihm ziemlich sinnlich vorkam. Er schluckte, was dazu führte, dass Ridge ihm die Kehle leckte und ein hitziges Knurren von sich gab, während er seine Männlichkeit verlangend an Haydens Hintern presste.

Ridge nahm ein Sachet Gleitgel vom Nachtkästchen und machte es mit Hilfe seiner Zähne auf, um ein wenig von dem Inhalt auf seinen Fingern zu verteilen.

Hayden nutzte die Chance, um die kleinen Narben an Ridges Hals zu küssen. Er wollte die verletzte Haut für all den Schmerz entschädigen, den sie erlebt hatte.

Schließlich schob Ridge vorsichtig die Finger in ihn und sah ihm dabei prüfend ins Gesicht. Hayden bog sich ihm seufzend entgegen und drückte ihm die Lippen auf den Mund. Ihre Zungenspitzen berührten sich, was weitere Schauer durch ihn sandte. Mit Ridge war jedes Mal unglaublich schön. Er schien immer zu wissen, wann Hayden wollte und wann nicht. Sie mussten nie darüber reden. Es passierte einfach oder es passierte eben nicht. Da war kein Druck, kein Zwang, keine Verpflichtung. Nur Begehren und Leidenschaft.

Ridge verlagerte sein Gewicht, löste ihren Kuss, was Hayden einen Laut des Protestes kostete, der sich in ein Stöhnen verwandelte, als man ihm ein paar Lusttropfen von der Eichel leckte. Die liebevollen Finger zogen sich aus ihm zurück, kraulten seine Hoden in langsamem Rhythmus, während er in einen heißen Mund glitt und sich vor Geilheit in Ridges Schultern krallte, dass es wehtun musste.

Ihm war wahnsinnig heiß. Dann kam der Moment, auf den er gewartet hatte. Ridge griff nach einem Kondom. Hart schluckend nahm Hayden es ihm weg und legte es zurück auf den Nachttisch. Ridge sah ihn verwirrt an, dann lächelte er, weil er glaubte, zu verstehen, und wollte es mit dem Mund zu Ende bringen.

Hayden hielt ihn davon ab und zwang ihn mit der Hand unter dem Kinn, sich auf ihn zu legen. Es fühlte sich gut an, unter diesem Mann begraben zu sein. »Ich hab mich testen lassen«, flüsterte er heiser. »Es wird keinen anderen mehr für mich geben.«

Ridge stieß leise Luft aus und sah ihn an, als hätte er ihm gerade ein kostbares Geschenk überreicht. Dabei waren es bloß sein Herz und sein Körper, den er ihm zu Füßen legte.

Dann beugte Ridge sich zu ihm hinab und küsste ihn. Mit einer Zärtlichkeit und unterschwelligen Gier, dass Hayden in einem Schauer erbebte.

»Dann gehörst du jetzt mir, mein kleiner Bulle. Für immer. Ich hoffe, du weißt, was du da tust, denn ich lass dich nicht mehr umkehren.«

»Ich weiß genau, was ich tue«, seufzte Hayden mit einem Nicken und spreizte die Beine, um Ridge das Eindringen zu erleichtern. Er legte stöhnend den Kopf in den Nacken und Ridge barg das Gesicht an seinem Hals, ließ ihn sein heißes Ausatmen spüren. Es prickelte überall. Er hatte Gänsehaut.

Ridge zog sich weit aus ihm zurück, kam etwas in die Höhe, um für ein paar Stöße beobachten zu können, wie er ihn in Besitz nahm. Hayden sah fast schon sabbernd ebenfalls hinab und dachte darüber nach, dass sie einen Spiegel im Schlafzimmer brauchten. Er wollte dringlich sehen, wie Ridges Hintern sich zwischen seinen Beinen bewegte, wenn sie miteinander schliefen.

Der Kerl war sicher aus jedem Winkel eine Augenweide. Dann aber wickelte er sich Ridges Haar um die Faust und zog ihn wieder zu sich hinab. Er brauchte jetzt so viel Nähe, wie möglich war. Willig ließ Ridge sich in seine Arme sinken. In einem weiteren Kuss tauschten sie Speichel und Seufzer aus, Schweiß ließ ihre Haut aneinanderkleben. Mit dem nächsten Eindringen verströmte er sich zwischen ihre Körper. Ridge folgte ihm nur einige Beckenbewegungen später und stöhnte ihm seine Lust vibrierend in den Mund. Seine Männlichkeit zuckte in Hayden, was ihn selbst noch einmal vor Lust schaudern ließ, flüssige Hitze füllte ihn und Ridge versenkte sich ein paar Mal in ihm, bis er ganz tief verharrte und den Kopf eine Winzigkeit zurückzog, um nach Luft zu schnappen.

Zarte Küsse wurden auf seinen Lippen und seinem Kiefer verteilt, dann sackte Ridge auf seiner Brust zusammen. Hayden lächelte so zufrieden, dass es sicher debil wirkte, und streichelte Ridges Hinterkopf und dessen Schultern. Wie Ridge in das Kopfkissen keuchte, machte ihn an, obwohl er gerade einen hammermäßigen Höhepunkt erlebt hatte.

»Ich hab dich ganz schön fertiggemacht«, neckte er mit gesenkter Stimme.

Ridge lachte verlegen. »Verarsch mich nicht dafür, wie heiß du mich machst, Mann.«

»Würde mir nicht einfallen.« Hayden suchte schmunzelnd eine Stelle zwischen Bart und Auge, die er knutschen konnte. Der leuchtende Blick, den er dabei erntete, ging ihm durch und durch. Wieder fühlte er sich, als hätte man ihn unter Strom gesetzt. Das schaffte nur Ridge McVaine.

*

»Wollt ihr mir nicht endlich mal verraten, was wir vorhaben?«, murrte Hayden. »Langsam, aber sicher, werd ich nervös.«

»Nervös?« Ridge musste grinsen und sah den Mann an, der mit ihm auf der Rückbank von Franks Lexus saß.

»Don grinst die ganze Zeit so komisch.«

Don lachte. »Ich freu mich einfach nur, hier zu sein.«

»Hier. Ja. In Olympia. Der schönen Hauptstadt Washingtons. Weiß Gott wie viele Meilen von daheim entfernt. Und wenn mich nicht alles täuscht, fahren wir auf irgendeinen kleinen Hafen zu. Aber was tun wir hier?«

Wieder prustete Don. »Mich wundert's, dass er weiß, dass Olympia die Hauptstadt ist. Und nicht Seattle.«

Jetzt lachte auch Frank. Ridge verbiss sich die Erheiterung aus purer Liebe.

»Haaa ha ha. Sehr witzig«, brummte Hayden. »Leute, bitte. Was gibt es hier zu sehen? Warum sind wir den ganzen Weg hergefahren?«

»Wir werden mit dem Boot rausfahren«, sagte Frank und setzte den Blinker, um auf den Parkplatz gegenüber dem ins Wasser ragenden Steg zu fahren.

»Das hätten wir genausogut daheim machen können. Du hast doch selbst ein Boot.«

»Vielleicht lässt du dich einfach überraschen, Hay-Hay.«

Hayden verdrehte die Augen angesichts des kindischen Spitznamens, den er von Don verpasst bekommen hatte, und Ridge drehte sich eilig weg, um sein Grinsen zu verbergen.

»Du weißt schon, dass ich dich in der Spiegelung des Fensters sehen kann, ja?«, meinte Hayden tadelnd.

»Es tut mir leid.« Die Entschuldigung endete in einem kleinen Glucksen und machte sich dadurch vielleicht ein wenig unglaubhaft.

Hayden verzieh ihm trotzdem und küsste ihm zum Beweis die Wange, bevor er tief seufzend aus dem parkenden Wagen stieg.

Don und Frank gingen ihnen händchenhaltend voraus, auf die verzweigte Anlegestelle zu. Ridges Herzschlag beschleunigte sich, als Haydens Finger zögernd nach den seinen griffen. Er hielt sie fest umklammert und hoffte, dass der Tag nicht in einem Desaster enden würde. Es gab zwei Möglichkeiten: Entweder war er Haydens Held – ein Status, den er sich leider mit Frank und Don teilen musste. Oder man riss ihm den Kopf von den Schultern.

Naturgemäß würde er die erste Option bevorzugen. Ihm wurde flau im Bauch. Nein, eigentlich war dem seit Stunden so. Seit dem Aufwachen.

Die Sonne stand hell am Himmel, würde zu Mittag noch einen höheren Punkt erreichen, und bestrahlte das Wasser, welches daraufhin glitzerte. Es war warm, aber nicht heiß. Sehr angenehm. Eine Brise wehte ihm um die Nase und fuhr ihm durchs Haar. Wie Hayden es oft tat, weil er scheinbar nie genug davon bekam, mit den Strähnen zu spielen.

Gott, wie würde es ausgehen? Ein Teil von ihm wollte, dass sie das Ende des Stegs niemals erreichten. Ein anderer Teil wollte alles schnell hinter sich haben, um die Ungewissheit loszuwerden.

Vor dem letzten Boot stand ein Mann. Jeans, helles Hemd, blondes Haar, braungebrannt. Schon von hier aus konnte er die Ähnlichkeit erkennen. Hayden entging sie offenbar ebenfalls nicht.

»Wer ist das?«, fragte er mit zittriger Stimme, während der Fremde sich ihnen zaghaft näherte und damit seine eigene Unsicherheit zur Schau stellte.

»Sei nicht sauer, okay«, murmelte Ridge. »Er hat nichts von dir gewusst. Sie hat ihm nicht gesagt, dass sie schwanger ist. Er hat sie nicht sitzen lassen. Sie ist mit einem anderen Kerl durchgebrannt.«

Hayden wandte sich ihm zu. Seine Augen ähnelten stark dem funkelnden Wasser. Er musste blinzeln. »Ridge.«

»Ja?« Schwer atmend wartete er und befürchtete das Schlimmste.

»Du bist das Allerbeste, was mir je passiert ist. Ich werde dich heiraten, ob du's willst oder nicht«, flüsterte Hayden und küsste ihn hart auf den Mund, während er ihm fast die Hand zerdrückte.

»Ich will ja.« Tausend Schmetterlinge flatterten in Ridges Bauch herum und er hatte das Gefühl, wie ein liebeskranker Trottel zu grinsen. Dann gab er Hayden frei und nickte ermutigend in Richtung des Mannes, den er bald seinen Schwiegervater nennen durfte.

Hayden ging langsam auf ihn zu, hielt neben Frank und Don inne, um sich leise, aber umso gefühlvoller zu bedanken. Einen Herzschlag später stand er vor seinem Vater und streckte ihm in seiner distanzierten Art und etwas schüchtern die Hand entgegen. Sein alter Herr, dem ein paar nasse Perlen auf den Wangen glänzten, warf nur einen flüchtigen Blick darauf, bevor er seinen Sohn in eine Umarmung zog. Hayden versteifte sich, bevor die Anspannung von ihm abfiel und er die Arme um seinen Vater legte.

LESEPROBE
»STRONG ENOUGH – FLAMMEN IN INDIGO«

PROLOG

Dachte der Kerl eigentlich irgendwann mal an was anderes als ans Essen? Der Mann war unmöglich und Hayden ging es gewaltig auf den Sack, dass Frank der Donutschachtel auf seinem Schoß mehr Beachtung schenkte als ihm. Wenn er Erfolg haben wollte, musste er rangehen. Die Zeit lief ihm davon. Und was konnte schon passieren? Er hatte Franks verstohlene Blicke bemerkt, die er ihm zuwarf, wenn Hayden auf dem Revier aus der Dusche kam – mit nichts als einem Handtuch um die Hüften. Ihm war auch aufgefallen, wie Frank auf Körperkontakt zwischen ihnen reagierte. Vielleicht bemerkte er es selbst gar nicht, aber das flüchtige Lecken seiner Lippen und die schnellere Atmung waren eindeutige Zeichen, dass Frank vielleicht doch lieber auf den Arsch eines Kerls spritzte als auf den einer Frau.

Hayden hatte ihn mal gespielt beiläufig am Oberschenkel gestreift. Dank der kurzärmeligen Uniform war ihm nicht entgangen, wie sich die Härchen an Franks Unterarmen aufgestellt hatten. Natürlich waren *Erregt-Sein* und *Aufs-Ganze-Gehen* zwei grundverschiedene Dinge, aber er konnte keinen weiteren Tag verlieren, sondern musste einen Vorstoß wagen.

Frank würde schon mitziehen, wenn er es geschickt genug anstellte.

»Halbe Stunde noch, dann sind wir frei«, sagte Hayden in gleichmütigem Tonfall. »Endlich raus aus dem beschissenen Streifenwagen.«

»Mhm«, murmelte Frank mit vollem Mund.

Hayden schaute aus dem Fenster und verdrehte die Augen. Manchmal würde er dem Arschloch echt gerne die Fresse polieren. Er setzte wieder seine hübsche Grimasse auf und wandte sich Frank zu. »Hast du heute Abend schon was vor?«

Endlich hatte er Frank *Fucking* Davis' Aufmerksamkeit. Der übergewichtige Idiot musterte ihn misstrauisch vom Fahrersitz aus. »Nein.«

Mit einem verschlagenen Lächeln, das die meisten Leute an ihm ziemlich heiß fanden, streckte er die Hand nach Franks Oberschenkel aus und strich darüber. »Hast du Lust, mit nach oben zu kommen, wenn du mich vor meiner Bude rauslässt?«

Frank schluckte runter, was er im Mund hatte, und starrte ihn an. »Everard, was soll der Scheiß?« Wie bezeichnend, dass er sich Haydens Berührung nicht entzog.

»Was für'n Scheiß?«

»Die Anmache. Was bezweckst du damit? Wenn du was von mir willst, spuck's aus, dann sehen wir, ob ich dir helfen kann.«

»Ja, ich will was von dir.«

»Hast du dich wieder mit Harris angelegt?«

»Was ich von dir will, hat nichts mit der Arbeit zu tun«, erwiderte Hayden, ließ seine Finger höher wandern und griff nach der Beule in Franks Hose. »Ich will deinen Schwanz in den Mund nehmen und dran lutschen, bis du deine Ladung direkt in meine Kehle schießt.« Seine Hand wurde nicht weggeschoben und er massierte Frank mit ein wenig Druck, bis er richtig hart wurde. Gar nicht so klein, wie er erwartet hatte. »Du kannst mir auch ins Gesicht spritzen, wenn dich das mehr anmacht«, fuhr er fort, um die Falle zuschnappen zu lassen. »Alles, was du willst, wenn du mit mir nach oben kommst.«

»Ich glaube nicht, dass das eine gute Idee ist«, murmelte Frank und blickte sich nervös um, als fürchtete er, man könnte sie erwischen.

»Warum nicht? Offenbar musst du Druck ablassen. Ich wüsste nicht, warum ich dir nicht dabei helfen sollte. Immerhin sind wir Partner.« Jetzt wurde er selber geil. Na toll. So hatte er sich das nicht vorgestellt.

Frank hob die Hüften kaum merklich an, um seine eisenharte Latte an Haydens Hand zu drängen. Er tat es scheinbar unbewusst. Ebenso wie das Flüstern seines Namens.

»Ich bin hier. Und ich kann in fünfundzwanzig Minuten vor dir knien und dir einen blasen, wenn du das willst. Ich bin übrigens gut darin.«

»Kann ich mir vorstellen. Warum dann nicht mit einem dieser heißen Typen, mit denen du's sonst treibst? Dir mangelt es nicht an Alternativen.«

Gut, dass ihm wenigstens bewusst war, dass er ein fetter Loser war und nichts Anziehendes an sich hatte. »Sei doch dankbar.«

»Du bist ein verfluchtes Arschloch«, murmelte Frank nachsichtig.

»Mag sein, aber ich hab auch Qualitäten. Überleg's dir.« Er zog sich zurück, um das Feuer zu schüren, das er entzündet hatte. Um eine Flamme ordentlich zum Brennen zu bringen, brauchte sie Luft zum Atmen. Um einen *Mann* zum Brennen zu bringen, brauchte es knisternde Distanz und ein Versprechen. »Du würdest es nicht bereuen. Denk drüber nach.«

Als Frank den Wagen etwas später vor dem schäbigen Wohnblock zum Stehen brachte, sagte Hayden: »Mein Angebot gilt noch, falls du dich das fragst.«

Frank wischte sich übers Gesicht. »Ich weiß nicht.«

»Stell den Motor ab und komm mit nach oben.«

Eine halbe Minute verstrich wie in Zeitlupe. Und in dem Moment, in dem sich der Schlüssel in der Zündung bewegte, wusste Hayden, dass er gewonnen hatte.

ÜBER D. C. MALLOY

Ihr Name ist D. C. oder einfach Cress. Sie ist schreibwütig, lesesüchtig und so verpeilt, dass es morgens schon mal passieren kann, dass sie aus ihrem Buch trinkt und im Kaffee(satz) liest. Wenn es um Schriftsteller geht, hat sie jeweils eine Schwäche für Charles Bukowski, Garry Disher und Castle Freeman, wobei die für Bukowski am ausgeprägtesten ist, weil er den Finger so schön auf die Wunde drückt und herrlich dreckig schreibt.

DU WILLST KONTAKT AUFNEHMEN? KLAR DOCH!

Facebook: @dcmalloy.author
E-Mail: dakota.c.malloy@gmail.com

Printed in Poland
by Amazon Fulfillment
Poland Sp. z o.o., Wrocław